Neun Tage im Juni

Roman

Claudia Boulton

Neun Tage im Juni

Roman

Bibliografische Information der Deutschen National-bibliothek:
Die Deutsche Nationalbibliothek verzeichnet diese Publikation in der Deutschen Nationalbibliografie; detaillierte bibliografische Daten sind im Internet über http://dnb.dnb.de abrufbar.

© 2016 Claudia Boulton

Illustration/Titelfoto: Claudia Boulton

Herstellung und Verlag: BoD – Books on Demand, Norderstedt

ISBN:978-3-7412-4118-5

Für Tim, in Liebe

Montag

Als ich die Autobahnauffahrt hinaufrollte, atmete ich tief durch und schaltete das Radio aus, das ich kurz zuvor aufgedreht hatte, um die Verkehrsdurchsage zu hören. Ich wollte die zwei Stunden Autofahrt nutzen, um über vieles nachzugrübeln. Es war einfach viel zu viel passiert in den letzten paar Wochen. Da war die Sache mit Christian, dann der Tod meines geliebten Großvaters und mein Erbe.

Naja, „Erbe" klang natürlich sehr großspurig für das, was mein Großvater mir vermacht hatte, aber irgendwie musste er sich schon so seine Gedanken dabei gemacht haben, ausgerechnet mir sein kleines Stückchen Land in seiner Heimatgemeinde zu vermachen, das er früher mal als Schrebergärtchen mit Wochenendhäuschen oder besser -hütte benutzt hatte. Das war natürlich zu der Zeit gewesen, als er sich noch selbst hinters Steuer seines uralten VW Käfers gesetzt hatte. Es musste wohl schon fast sechs Jahre her sein, dass Großvater das letzte Mal dort gewesen war.

Als kleines Mädchen schon hatte er mir immer viel über Birkenfeld und über seine Kindheit dort erzählt. Und natürlich hatte ich ihm immer mit leuchtenden Augen zugehört, wenn er mir von seinen Streichen berichtete und von den Konsequenzen dieser kleinen Strolchereien. Ich musste mir eingestehen, dass ich sehr an meinem Großvater gehangen hatte. Er war für mich irgendwie immer schon der ruhende Pol in unserer ganzen chaotischen Familie gewesen. Zu ihm konnte ich gehen, wenn ich ein Problem hatte, für das mir sonst keiner ein offenes Ohr lieh, er hatte immer einen guten Rat oder eine seiner Weisheiten für mich parat, wenn es mir schlecht ging. Aber auch wenn ich glücklich war, oder irgendetwas erreicht hatte war es komischerweise immer Großvater, dem ich es zuerst erzählen musste. Uns hatte schon von Anfang an ein unsichtbares Band zusammengehalten. Meine Mutter erzählte mir, dass ich als Baby oft geweint hatte und keiner mich beruhigen konnte, wenn ich mich mal wieder in einen Heulkrampf hineingesteigert hatte. Außer, mein Großvater kam zur Tür herein - er brauchte mich nur auf den Arm zu nehmen und mit seiner tiefen Stimme auf mich einzureden, schon war ich ruhig und schlief in seinen Armen friedlich ein.

Tja, und jetzt konnte ich es noch immer nicht fassen, dass er nicht mehr da war, mein Opa Karl. Er war friedlich eingeschlafen und einfach am nächsten Morgen nicht mehr aufgewacht - ganz so, wie er es sich immer gewünscht hatte. Das beruhigte mich in meinem Schmerz ein wenig. Außerdem war er weit über achtzig Jahre alt geworden und hatte sich stets bester Gesundheit erfreut. Irgendwie war das beneidenswert, fand ich. Und jetzt musste ich mich allein ohne die weisen Kommentare von Opa Karl durchs Leben schlagen. Naja, nicht ganz ohne: seine Sprüche und Weisheiten wusste ich fast alle auswendig, aber nun musste ich für mich selbst immer den passenden Spruch für die Situationen finden.

Aber was sollte ich zum Thema Christian wohl sagen - oder besser: was hätte Großvater wohl dazu gesagt? Er hatte mir schon immer prophezeit, dass Christian nicht der „richtige" Mann für mich sei. Ich hatte immer nur gelacht und diese Aussage ein wenig auf Opas Eifersucht geschoben: natürlich musste er das Gefühl haben, dass Christian ihm sein kleines Mädchen wegnahm. Aber jetzt wusste ich natürlich, dass Großvater Recht gehabt hatte mit seiner Aussage. Christian hatte nicht nur für längere Zeit eine andere Freundin gehabt, er hatte auch noch die Frechheit besessen, sich mit ihr in unserer gemeinsamen Wohnung zu treffen. Dass ich aufgrund meines Jobs im Reisebüro öfters unterwegs war, traf sich daher nur allzu gut. Fünf lange Jahre hatte ich mit diesem Kerl verschwendet - nicht zu fassen! Je länger ich darüber nachgrübelte, desto wütender wurde ich. Ich atmete tief durch, nahm den Fuß vom Gas und fuhr auf den Rastplatz an der Autobahn. Etwas frische Luft war genau das, was ich jetzt brauchte.

Ich überprüfte den Fahrradständer auf dem Autodach, auf dem ich mein neues Mountainbike festgezurrt hatte. Unglaublich, ich hatte diesen Dingern nie getraut, wenn ich auf der Autobahn hinter einem Fahrzeug mit Fahrrädern auf dem Dach hinterhergefahren war. Irgendwie hatte ich immer das Gefühl, zu sehen, wie sich die Räder langsam lösten und dann auf mich im Auto dahinter draufflogen. Zu meiner eigenen Überraschung stellte ich jetzt fest, dass so eine Halterung doch stabiler war, als ich es für möglich gehalten hätte. Erst letzte Woche hatte ich mir ein

Mountainbike gekauft, als ich beschloss, mir meinen geerbten Landstrich genauer anzusehen.

Schon seit einer Ewigkeit hatte ich keinen Urlaub mehr gehabt, da mich die Leitung des Reisebüros zu sehr in Anspruch genommen hatte. Irgendwie hatte ich auch nie das Bedürfnis gehabt, Urlaub zu nehmen, da mir mein Job sehr viel Spaß machte. Dennoch war meine Arbeit sehr zeitintensiv und erforderte oft meine ganze Aufmerksamkeit, sodass Christian sicher auch oftmals das Gefühl gehabt haben musste, vernachlässigt zu werden. Aber nachdem ich beim Notar der Testamentseröffnung meines Großvaters zugehört hatte, in der er mir mitteilen ließ, ich solle mir Zeit nehmen, um herauszufinden, woher ich stammte, war ich ganz sicher, dass Großvater etwas ganz bestimmtes damit im Sinn hatte und bewusst wollte, dass ich mich nun auf den Weg machte, sein kleines Heimatdorf kennenzulernen. Und da Großvater ganz offensichtlich viel daran gelegen war, mich dazu zu bewegen, hatte ich mir gleich eine Woche Urlaub genommen, um gleichzeitig ein wenig Abstand und Ruhe zu bekommen und mich mit meinem neuen Mountainbike auch etwas sportlich zu betätigen. Absichtlich hatte ich sowohl mein allgegenwärtiges Handy und meinen Laptop zu Hause gelassen – nichts und niemand sollte mich stören!

Ich hatte mir in der einzigen Pension des Ortes ein Zimmer angemietet, da ich nicht sicher gewesen war, in welchem Zustand sich das Gartenhäuschen meines Großvaters befand, nachdem es jahrelang vernachlässigt worden war. Komischerweise war ich niemals mit Großvater in Birkenfeld gewesen. Als

Kinder hatten mein Bruder Stephan und ich immer mit ihm fahren wollen, wenn er sich zu einem seiner Wochenend-Ausflüge auf den Weg machte, aber er hatte immer gesagt, das sei nichts für uns. Immer gab es einen anderen Grund: einmal hatte er zu viel im Wagen zu transportieren, sodass wir nicht hineinpassten, einmal fand er, die Autofahrt sei zu lang für uns und manchmal wollte er einfach nur seine Ruhe haben. Unsere Eltern unterstützten Großvater immer, indem sie auch nie von sich aus vorschlugen, die ganze Familie solle mal einen Ausflug dorthin machen. Schließlich waren wir ja sowieso Dorfkinder und was sollte es für uns in einem anderen kleinen Dorf wohl Interessantes geben. Für uns waren Wochenendausflüge ins nahegelegene Frankfurt oder manchmal sogar an den Rhein viel interessanter: man konnte ins Museum gehen, wo es so herrlich verstaubte Dinosaurier Skelette gab und Nachbildungen von ägyptischen Mumien, oder es gab riesige Eisbecher für uns alle in einem Straßencafé, oder wir machten eine der Ausflugsfahrten auf einem Schiff mit. Was konnte es in einem Dorf, in dem wir nicht mal die anderen Kinder kannten, schon Aufregendes geben? Ich schüttelte den Kopf: es war mir tatsächlich nachher, als ich älter war und mein eigenes Auto fuhr, auch nie mehr in den Sinn gekommen, mich einmal auf eigene Faust nach Birkenfeld aufzumachen. Da musste Großvater mir erst sein Gärtchen vermachen, damit ich mich aufraffte. Ich stieg wieder in meinen Geländewagen und fuhr auf die Autobahn.

Nach zweieinhalb Stunden Fahrt bog ich auf eine Landstraße ab und folgte den kleinen, fast zugewachsenen Schildern Richtung Birkenfeld. Ich fuhr eine gewundene, holprige Straße entlang, auf der noch nicht einmal genug Platz für einen Mittelstreifen war und so wurde Gegenverkehr jedes Mal zum Erlebnis. Der Notar hatte mir eine Fotokopie des Plans von der gesamten Gemeinde mitgegeben, auf der die einzelnen Grundstücke eingezeichnet waren. „Mein" Grundstück hatte er mit einem Leuchtstift markiert, damit ich wenigstens ungefähr wusste, wohin ich musste.

Ich passierte das Ortsschild von Birkenfeld und sofort kam ich mir vor, als sei die Zeit hier stehengeblieben: auf einer Bank, die an einer Hauswand entlang der Hauptstraße lehnte, saßen zwei alte Frauen in Kittelschürzen und unterhielten sich angeregt, wobei die eine grüne Bohnen kleinschnippelte und die zweite gerade einen Apfel schälte. Ich bremste abrupt: da liefen doch tatsächlich drei Hühner seelenruhig über die Straße! Na, hier konnte ich wirklich meine Ruhe wiederfinden, dachte ich mir und fuhr rechts an den Straßenrand, um einen alten Bauern, der gerade in seiner Hofeinfahrt stand, zu fragen, wie ich wohl zur Pension „Waldesruh" finden würde. Er erklärte mir mit knappen Worten und ohne eine Miene zu verziehen, wie ich fahren musste und drehte sich auf dem Absatz um, um ins Haus zu gehen. Ich sah ihm verdutzt nach. Nein, unfreundlich war er eigentlich nicht gewesen, aber auch ganz offensichtlich nicht interessiert an einem Gespräch mit mir. Naja, konnte mir ja auch egal sein, was diesem alten Herrn über die Leber gelaufen war. Ich wollte jetzt nur erst mal in meine Pension, mich umziehen, auf mein Mountainbike schwingen und die Gegend ein wenig erkunden.

Als ich bei dem kleinen Fachwerkhäuschen mit dem Schild „Waldesruh" vorfuhr, konnte ich mein Glück gar nicht fassen: so eine wunderschöne kleine Pension und so idyllisch! Komisch, dass man oft Tausende ausgab, um an irgendeinen Ort der Welt zu fahren, um sich dort an irgendwelchen idyllischen Fleckchen zu ergötzen, obwohl man eigentlich das eigene Land so wenig kannte. Ich klingelte und eine freundliche, rundliche ältere Dame öffnete die Tür.

„Sie müssen Fräulein Ebert sein! Kommen Sie rein, ich bin Frau Hansen. Willkommen in Birkenfeld!"

Erfreut folgte ich ihr in den kühlen Hausflur und die Stiege hinauf, wo sie mir im ersten Stock mein Zimmerchen zeigte. Zwar war es nicht besonders groß, aber sehr geschmackvoll und mit viel Liebe eingerichtet: ein wunderschönes altes Bett mit einem Spitzenüberwurf, ein alter Bauernschrank und ein Sekretär. Ich bedankte mich bei Frau Hansen und begann, meine kleine Reisetasche auszupacken. Viel hatte ich nicht eingepackt, denn ich hatte geplant, so viel Zeit wie nur möglich draußen zu verbringen und entweder Fahrrad zu fahren oder im Garten zu arbeiten. So hatte ich mich auf zwei Paar Jeans beschränkt, ein beachtliches Arsenal an T-Shirts und Hemden und nur ein einziges dünnes, bequemes Sommerkleid. Meine Turnschuhe wühlte ich zum Schluss aus den Tiefen der Tasche und zog sie gleich an. Als ich die Treppe herunterging, erwartete mich schon Frau Hansen.

„Sie möchten sicher ein wenig spazieren gehen nach der langen Autofahrt, nicht wahr?"

Ich antwortete ihr lächelnd, dass ich mein Fahrrad mitgebracht hätte, um die Gegend ein wenig zu erkunden. Sie nickte und fragte mich, ob sie ein Abendbrot für mich vorbereiten solle. Ich überlegte kurz und da ich den Ort noch überhaupt nicht kannte, beschloss ich, es sei das Beste, mich am ersten Abend Frau Hansens Fürsorge zu überlassen.

„Das wäre ganz furchtbar nett, Frau Hansen", antwortete ich, „aber bitte machen Sie sich keine Umstände, vielleicht nur ein paar Brote mit Käse oder so. Ich denke, dass ich gegen sieben spätestens zurück bin".

Artig verabschiedete ich mich von Frau Hansen, nachdem sie mich intensiv beobachtet hatte, wie ich ächzend mein Mountainbike vom Autodach gehievt hatte, und strampelte los. Als ich um die erste Kurve gebogen war und somit aus dem Blickwinkel von Frau Hansen, zog ich den kopierten Plan aus der Hosentasche und versuchte, mich zu orientieren. Das war gar nicht so einfach, einen fotokopierten Plan der Gemarkung und die gewundenen, zugewachsenen kleinen Sträßchen hier im Ort irgendwie in Einklang zu bringen. Glücklicherweise hatten wir als Kinder mit unserem Vater zusammen oft Wanderungen gemacht, bei denen er uns das Karten lesen beigebracht hatte - sonst wäre ich ganz sicher schon gleich an dieser Aufgabe kläglich gescheitert. Nach einer Weile hatte ich ungefähr herausgefunden, wohin ich fahren musste und trat kräftig in die Pedale, denn ich konnte es jetzt kaum noch erwarten, das kleine Häuschen zu betreten. Als ich in die Sackgasse Richtung Waldrand einbog, kam mir der wortkarge Bauer von vorhin mit seinem Schäferhund entgegen. Ich war so in Gedanken vertieft gewesen, dass ich mich richtig erschreckte, ihn hier zu sehen. Nachdem ich mich gefangen hatte, grüßte ich ihn freundlich lächelnd. Er blickte mich nur mit unbeweglicher Miene an, rief seinen Hund zu sich und ging dann wortlos die Straße hinunter.

Heilfroh, nun endlich an Ort und Stelle zu sein, sprang ich vom Fahrrad und ließ zunächst einmal das Bild meiner „Erbschaft" auf mich wirken: ein buckliges kleines Häuschen mit Holzverkleidung und ein paar Bahnen Dachpappe, die hellblaue Farbe blätterte schon an vielen Stellen ab. Hellgrün gestrichene Fensterrahmen zierten traurig-blinde Fenster und ein Teil der Regenrinne, die wohl einmal dazu gedient hatte, Regenwasser in der rostigen Tonne zu sammeln, hing halb vom Dach herab. Umgeben war das Gebäude von einem recht großen, ziemlich verwahrlosten Garten, der von einem wohl ehemals weißen Holzzaun begrenzt war. Ich verliebte mich sofort in dieses Stückchen Land und das kleine Häuschen, das für mich einen eigenen Charakter ausstrahlte. Unwillkürlich musste ich lächeln.

Beim Versuch, die Gartenpforte zu öffnen, scheiterte ich allerdings bereits und mein Lächeln verschwand. Sofort begann ich, in meiner Hosentasche zu wühlen, wo ich einen Schlüsselbund mit allen möglichen alten Schlüsseln meines Großvaters hatte. Ich probierte einige der rostigen Schlüssel an dem Vorhängeschloss aus, aber es passte keiner.

„Mist!" sagte ich laut zu mir selbst.
„Na, kein Wunder, dass das Schloss verrostet ist, es war ja seit Jahren keiner mehr hier, der sich um das Häuschen gekümmert hätte. Sehen Sie bloß, wie es im Garten aussieht!"

Erschrocken drehte ich mich um und blickte in das freundliche Gesicht einer alten Bäuerin. Ihr Lächeln und die funkelnden blauen Äuglein in ihrem von tiefen Runzeln zerfurchten Gesicht flößten mir aus irgendeinem Grund sofort Vertrauen ein.

„Entschuldigung, dass ich mich so erschreckt habe, ich habe Sie gar nicht kommen gehört, guten Tag", grüßte ich die alte Frau.
„Haben Sie das Grundstück gekauft, oder gehören Sie zur Familie Berger?" wollte sie nun von mir wissen.
„Ja, wissen Sie, ich bin gewissermaßen die Erbin dieses Grundstücks. Karl Berger war mein Großvater und er ist vor einem Monat leider verstorben."
Die Miene der alten Frau verfinsterte sich augenblicklich.
„So, so, Karl Berger lebt also nicht mehr."
„Kannten Sie meinen Großvater noch?" fragte ich sie, da ich hoffte, ich könnte etwas mehr über ihn und dieses Häuschen erfahren.
„Ach ja, von ganz früher natürlich. Wer kannte ihn und seine Familie hier nicht? Na, was erzähle ich, Sie wissen sicher selbst, dass Ihrem Großvater einmal der größte Bauernhof hier im Ort gehörte. So, jetzt habe ich aber genug geredet. Ich muss nach Hause und die Kühe füttern." Sie drehte sich grußlos um und verschwand erstaunlich flink für ihr hohes Alter.

Das hatte ich nicht gewusst! Unsere Mutter hatte uns nur erzählt, dass die Familie ihrer Mutter sehr wohlhabend gewesen sei und dass nach ihrem frühen Tod mein Großvater allen Familienbesitz geerbt habe. Großmutter war gestorben, als meine Mutter gerade zwei Jahre alt gewesen war. Aus irgendwelchen Gründen hatte sie nie viel aus meinem Großvater herausbekommen können, was seine Frau betraf. Er wurde immer sofort sehr traurig, wenn man ihn auf Großmutter ansprach und er hatte meiner Mutter nur erzählt, dass seine Frau vom Heuboden gestürzt war und sich das Genick gebrochen hatte. Man hatte Großmutter erst Stunden später entdeckt, als Großvater von einem Treffen des Bauernvereins zurückgekommen war. Er war damals untröstlich gewesen, weil er sich immer vorwarf, er hätte ihr noch helfen können, wenn er nur rechtzeitig zur Stelle gewesen wäre. Alle hatten ihm eingeredet, dass auch er sie nicht hätte retten können, aber er hörte seinen Freunden gar nicht zu. Mit der Zeit hatte er sich mit dem Tod seiner Frau abgefunden, den Hof und das Land verkauft und war mit ein paar persönlichen Habseligkeiten und meiner damals dreijährigen Mutter auf dem Arm aus dem Dorf verschwunden. Er hatte sich eine Bahnfahrkarte gekauft und war so in unserer Kleinstadt angekommen, wo er bis zu seinem Tod lebte.

Mutter hatte mir einmal erzählt, sie könne sich noch dunkel erinnern, dass Großvater zu Anfang krampfhaft versuchte, alles zu vergessen und zu verdrängen. Er hatte sich in den Umbau des Hauses gestürzt, das er für sich und seine kleine Tochter gekauft hatte und nachdem er eine Arbeit auf einem der größeren Gutshöfe der Gegend bekommen hatte, nahm seine neue Aufgabe als Gutsverwalter ihn voll in Anspruch. Meine Mutter bekam ein Kindermädchen, die sich rührend um sie kümmerte und für sie zu einer Art Ersatz ihrer leiblichen Mutter wurde. Geldnot hatte meine Mutter auch in den harten Jahren nach dem Krieg nie gekannt. Ihr Vater brachte stets genug Lohn nach Hause, dass die beiden sich ein bequemes Leben leisten konnten. Auch das Geld, das vom Verkauf des Hofes in Birkenfeld übrig geblieben war, hatte er gut angelegt, sodass er auch härtere Zeiten nicht fürchten musste. Erst als meine Mutter im Teenager-Alter war, hatte Großvater ihr eines Tages gesagt, er werde mit dem Auto übers Wochenende nach Birkenfeld fahren, um alte Freunde zu besuchen. Mutter protestierte nicht und fragte auch nicht, ob sie mitkommen könne. Nichts verband sie mit dem Dorf, in dem sie geboren war und sie wusste innerlich, dass Großvater lieber alleine in die Vergangenheit zurückreisen wollte. Als er am Sonntagabend zurückkam, fand meine Mutter, er sei ganz verändert gewesen: ziemlich still und kurz angebunden. Er wollte ihr nichts von seinem Ausflug erzählen. Er sagte ihr nur, er hätte sich ein kleines Schrebergärtchen gekauft und beabsichtige, eine kleine Hütte für seine Wochenendausflüge dorthinein zu bauen, da er jetzt öfter nach Birkenfeld fahren werde. Großmutters Grab wolle er pflegen, schließlich sei er ihr das schuldig.

Während ich so nachgrübelte, hatte die Sonne bereits begonnen, unterzugehen und der ganze Waldrand, das Gärtchen und das Holzhaus waren in ein mildes, rötliches Licht getaucht. Wie wunderschön erholsam, dachte ich und nahm mir vor, von nun an jedes zweite Wochenende hierherzufahren.

Zunächst musste ich mir den Garten anschauen, da konnte man sicher viel draus machen, wenn man die entsprechende Zeit und Arbeit hineinsteckte!

Kurzentschlossen kletterte ich über den Zaun, da die Bemühungen mit dem Schlüsselbund meines Großvaters fruchtlos geblieben waren. Irgendwie kam ich mir ein bisschen wie ein Eindringling vor, aber ich sagte mir immer wieder, der Garten sei ja schließlich mein Eigentum und da konnte ich über den Zaun klettern, so oft ich wollte. Ich bahnte mir den Weg durch den überwucherten Vorgarten, den Gartenweg aus alten, zerbrochenen Betonplatten entlang bis zur Haustür. Auch dort versuchte ich wieder mein Glück mit den Schlüsseln. Einer schien zwar zu passen, drehte sich jedoch nur widerwillig im Schloss und blieb auf halbem Wege stecken. Ich fluchte und zog den Schlüssel wieder ab. Morgen würde ich etwas Öl besorgen und die Aktion nochmals starten. Ich musste ja nichts überstürzen. So beschloss ich, mir den großen Garten etwas genauer anzusehen und stolperte los über außer Kontrolle geratene Ranken von Himbeersträuchern, Rosenbüschen und Efeu. Es musste einmal ein sehr schöner, liebevoll angelegter Garten gewesen sein, viele Blumen und Blütensträucher zwischen dem hüfthohen Gras und Unkraut ließen das vermuten. Sogar große alte Obstbäume gab es hier! Sicher, es würde wirklich ein hartes Stück Arbeit sein, den Garten wieder herzurichten, aber ich freute mich schon richtig darauf und konnte kaum erwarten, gleich morgen damit anzufangen.

Nachdem ich bis zur hinteren Grundstücksgrenze gelaufen war, die säuberlich ebenfalls mit dem weißen Holzzaun markiert war, drehte ich um und lief wieder zurück zu meinem Fahrrad. Auf dem Bürgersteig vor dem Haus stand ein älteres Ehepaar, die mich offensichtlich schon eine Weile beobachtet hatten. Als sie sahen, dass ich auf sie zukam, drehten sie sich rasch um und gingen weiter. 'Komische Leute hier', dachte ich und schwang mich über den Zaun, auf mein Fahrrad, um zu Frau Hansen zurück zu radeln, die sicher schon mit den Käsebroten auf mich wartete.

Wie erwartet saß Frau Hansen auf der kleinen Holzbank vor ihrem Haus und sprang sofort auf, als sie mich um die Ecke kommen sah.

„Da sind Sie ja wieder! Na, Sie müssen aber jetzt ordentlich hungrig sein, kommen Sie rein, ich habe schon für Sie in der Küche gedeckt."

Dankbar sank ich auf den hölzernen Küchenstuhl in der gemütlichen alten Küche. Auch hier war alles mit sehr viel Liebe zum Detail hergerichtet: ein alter, dunkler Küchenschrank mit kleinen Gardinen an den Glasscheiben, ein großer Tisch aus grobem Holz, dem man die langen Dienstjahre ansah, blankgeputzte kupferne Backformen und Kochtöpfe, die an der Wand und von der Decke hingen. Eine Küche so richtig zum Wohlfühlen mit knarrendem Holzdielenboden und blau-weiß karierten Gardinen - nicht so, wie die moderne Einbauküche, die ich in meiner Eigentumswohnung in der Stadt hatte.

Frau Hansen holte Butter und eine riesige Käseplatte aus dem Kühlschrank. Das frische Sauerteigbrot stand schon auf dem Tisch und war, offensichtlich eigenhändig, in dicke, unregelmäßige Scheiben geschnitten.

„Darf ich Ihnen ein kühles Bier dazu anbieten?" fragte mich Frau Hansen und ich nickte dankbar. Das war genau das richtige nach der staubigen Radtour. Ich mampfte drei dicke Scheiben Brot mit den verschiedenen leckeren Käsesorten, die, wie Frau Hansen mir erklärte, alle vom hiesigen Bauernhof seien. Wir unterhielten uns ein wenig über das Wetter und die Stadt, aus der ich kam (Frau Hansen war dort zweimal mit ihrer Tochter gewesen). Gegen neun verabschiedete ich mich freundlich und entschuldigte mich, dass ich schon müde sei. Ich verschwand in meinem Zimmer, wo ich mich zu allererst unter die Dusche stellte. Nachdem ich mich erfrischt hatte, zog ich meinen Bademantel an und legte mich aufs Bett, um mir noch ein paar Gedanken über den heutigen Tag zu machen.

Dienstag

Ich musste wohl so müde gewesen sein, dass ich sofort eingeschlafen war, denn ich wurde erst am nächsten Morgen von Vogelgezwitscher und dem Gebell eines Hundes geweckt. Ich stand auf und ging zum Fenster, um einen Blick auf den Ort zu werfen. Von hier oben unter dem Dach hatte man einen wunderbaren Blick über die unregelmäßigen schindelgedeckten Dächer und über die Straße, die an der Pension vorbeiführte. Im hellen Sonnenlicht warfen die alten Bäume unregelmäßige Schatten auf den Gehweg und auf die Vorgärten, die alle so aussahen, als sei man sehr darauf bedacht, eine noch schönere Blumenpracht zur Schau zu stellen, als der Nachbar. Da sah ich auf einmal die alte Frau wieder, die mir gestern am Gartenhäuschen von meinem Großvater erzählt hatte. Sie kam mit einer Milchkanne in der Hand die Straße hinuntergelaufen und bog in den Vorgarten der Pension ab. Sicher lieferte sie Frau Hansen frische Milch fürs Frühstück an. Rasch wusch ich mir das Gesicht, putzte die Zähne und zog mich an.

Unten im Hausflur war Frau Hansen gerade dabei, sich von der Bäuerin zu verabschieden.

„Also, vielen Dank nochmal, dass du die Milch vorbeigebracht hast, das war wirklich nicht nötig! Bis bald mal - ach, wie wär's denn, wenn Du heut' Nachmittag auf ein Tässchen Kaffee und ein

Stückchen frischen Kuchen vorbeikämest? Lass' doch die Jungen mal arbeiten, du hast dir eine Verschnaufpause doch auch mal verdient!"

Die Frau sagte lächelnd zu und man einigte sich auf heute Nachmittag um vier Uhr. Frau Hansen war schon fleißig gewesen, als ich noch geschlafen hatte: sie hatte einen Kuchen gebacken, der einen köstlichen Duft in der Küche verbreitete. Sofort begann mein Magen zu knurren, obwohl ich mir gar nicht vorstellen konnte, wovon ich schon wieder hungrig sein sollte. Musste wohl die frische Landluft sein. Das bestätigte mir auch Frau Hansen.

„Setzen Sie sich, Kindchen, ich brühe uns gleich einen Kaffee auf."

Das duldete keinen Widerspruch. Brav setzte ich mich und sah den flinken Händen von Frau Hansen zu, wie sie den Kaffee überbrühte. Natürlich hatte ich zu Hause in Frankfurt eine Kaffeemaschine und so beobachtete ich sie amüsiert bei diesem in meinen Augen vorsintflutlichen Unterfangen.

„Nun erzählen Sie mal: haben Sie gut geschlafen?" wollte Frau Hansen wissen. Ich nickte lächelnd und lobte das bequeme Bett in meinem Stübchen.

„Gibt es eigentlich ein Geschäft hier im Ort, oder muss ich zum Nachbarort fahren?" fragte ich sie.

„Das kommt darauf an, was Sie kaufen möchten", belehrte mich Frau Hansen, „einen kleinen Lebensmittelladen und eine Metzgerei haben wir hier, aber alles andere bekommen Sie nur in der Stadt."

Die „Stadt" war eine Kleinstadt, ungefähr 2 Kilometer von Birkenfeld entfernt. Ich bedankte mich bei Frau Hansen und sagte ihr, ich wolle heute einen kleinen Ausflug in die Stadt machen, damit ich die Gegend ein wenig besser kennenlernte.

Nachdem ich mir das üppige Frühstück hatte schmecken lassen, das Frau Hansen für mich gezaubert hatte, schwang ich mich auf mein Mountainbike und radelte in die Richtung los, die mir Frau Hansen erklärt hatte.
„Vielleicht schaffen Sie es ja, uns zum Kaffeetrinken Gesellschaft zu leisten, Fräulein Ebert!" rief Frau Hansen mir nach.
„Ich werde mich bemühen, vielen Dank für die Einladung", sagte ich und winkte ihr noch einmal zu bevor ich um die Kurve verschwand.

Ich genoss die angenehm kühle Morgenluft und ließ meinen Blick über die kleinen buckligen Häuschen mit den blumenkastengeschmückten Fenstern und den gepflegten Gärtchen schweifen. Wie entspannend doch so ein Landleben sein musste! Ganz anders als unser hektisches Leben in der Großstadt. Am Morgen hetzte ich durch dicke Verkehrsstaus zur Arbeit, wo mich ein ständig klingelndes Telefon und die Kundenberatungen auf Trab hielten. Mittags blieb meistens kaum genug Zeit, etwas zu Essen und am Abend warteten entweder ebenfalls Geschäftstermine oder Verabredungen mit Freunden und Bekannten.

Eigentlich hatte ich nie genug Muße, Ruhe zu finden oder einmal über meinen Lebensstil nachzudenken. Das musste wohl auch der Grund sein, warum ich bisher nie unzufrieden gewesen war. Je mehr ich mir aber an diesem Morgen durch den Kopf gehen ließ, desto absurder schien mir alles, was ich bisher so gemacht hatte. Ich war in meinem Trott, in dieser Maschinerie so gefangen, dass ich mir den Blick auf die wirklich wichtigen Dinge in meinem Leben selbst versperrte. Warum arbeitete ich eigentlich so hart, wenn ich die erarbeiteten Lorbeeren und Erfolge nicht richtig auskosten konnte - geschweige denn, mir von meinem recht ansehnlichen Gehalt einmal etwas gönnte. Sicher, ab und zu kaufte ich mir schicke Klamotten oder ein Schmuckstück - aber war das wirklich ein Ersatz für ein Gefühl, wie ich es jetzt zum Beispiel empfand: das Gefühl der Ruhe und der Freiheit? Ich atmete tief durch und freute mich, den leichten Muskelkater in meinen Oberschenkeln zu spüren, der mich als unerfahrene Sportlerin natürlich gleich überfallen hatte. Das Mountainbike war seit sehr langer Zeit eine meiner besten Anschaffungen!

Als ich die Hauptstraße der „Stadt" entlangfuhr, sah ich mich nach einem Geschäft um, in dem ich ein wenig Öl für das Haustürschloss würde bekommen können. Ein kleines Kaufhaus auf der rechten Seite schien mir ein ziemlich sicherer Tipp dafür. Ich parkte mein Mountainbike am Fahrradständer und schloss es ab.

„Schickes Rad! Das haben Sie aber sicher nicht hier gekauft, habe ich Recht?"

Die sonore Stimme hinter mir versetzte mir unwillkürlich einen Stich in der Magengrube: so ähnlich klang Christians Stimme auch! Die Stimme gehörte einem Mann in meinem Alter, der gerade aus seinem Sportwagen ausgestiegen war, den er ebenfalls vor dem Kaufhaus geparkt hatte.

„N-nein, äh, es ist aus einem Spezialgeschäft in Frankfurt. Ganz neues Modell aus den USA." antwortete ich verdutzt. Sein Lächeln und die sanften braunen Dackelaugen verwirrten mich zugegebenermaßen ein wenig.

„Was denn, wegen eines Fahrrades fahren Sie so weit? Oder sind Sie etwa gar nicht von hier?"

Eine seiner bemerkenswertesten Eigenschaften schien die Neugierde zu sein. „Erraten, ich komme aus Frankfurt" sagte ich lächelnd, steckte den Fahrradschlüssel in meine Jeanstasche und verschwand im Kaufhaus. Eigentlich schon etwas dreist, einfach auf der Straße eine Frau anzuquatschen und sie dann auch noch auszufragen, fand ich. Während ich durch die Gänge der Heimwerker-Abteilung ging und nach dem Öl suchte, musste ich trotzdem lächeln. Aber irgendwie mutig, dachte ich bei mir und ärgerte mich ein wenig über mich selbst, dass ich nicht etwas länger auf sein Spielchen eingegangen war. Schließlich schien er kein Langweiler zu sein und außerdem brauchte ich ja kein schlechtes Gewissen zu haben. Schade eigentlich!

Endlich entdeckte ich ein kleines Fläschchen mit Schmieröl, das ich gleich zur Kasse brachte und bezahlte. Ich mochte Kaufhäuser normalerweise gerne, weil man dort fast alles in relativ kurzer Zeit kaufen konnte. Heute allerdings konnte ich es kaum erwarten, wieder mit meinem Fahrrad durch die Felder zu fahren und mein Häuschen zu erkunden. Als ich mein Fahrradschloss geöffnet hatte, fiel mir ein kleines Zettelchen auf, das an meinem Lenker festgeklemmt war. Ich zupfte es unter der Handbremse heraus, die leider einen kleinen Ölfleck auf dem Kärtchen hinterließ. Es war eine Visitenkarte „Dr. Thomas

Reinhardt, Veterinär" stand drauf, zusammen mit Adresse und Telefonnummer. Auf der Rückseite stand handschriftlich mit Füller (!) geschrieben „da ich schon Ihre Adresse nicht genauer herausbekommen konnte - hier ist meine. Ich würde mich über ein Wiedersehen freuen, T."

„Pfffh!" machte ich. „T.", als ob wir uns schon Jahre kennen würden! So ein Schnösel! Der war ja wohl nur von sich selbst eingenommen! Sicher so etwas wie der lokale Platzhirsch, bei dem die Damen reihenweise Schlange standen. Was dachte er wohl jetzt: dass ich ihn anrufen würde? Na, so weit käme es noch! Eine selbständige und emanzipierte Frau von heute hat so was ja wohl nicht nötig! Verärgert trat ich in die Pedale. Die Visitenkarte hatte ich gleich in die nächste Mülltonne geworfen. Dr. Thomas Reinhardt, Veterinär....

Als ich wieder nach Birkenfeld hineinfuhr, war mein Ärger bereits verflogen und ich genoss meinen ersten richtigen Urlaubstag in vollen Zügen. Ohne Umweg fuhr ich sofort wieder zu „meinem" Haus und machte mir am Gartentor zu schaffen. Schnell hatte ich mit dem Öl das Schloss wieder gangbar gemacht und ging nun zur Haustür, um dort das gleiche zu tun. Ein Geräusch im Innern des Hauses ließ mich aufhorchen. Nein, das hatte ich mir doch nur eingebildet! Ich beschloss, nicht mehr so viele Krimis zu lesen, die meine Phantasie so sehr beflügelten, dass ich selbst am hellichten Tag schon Visionen hatte! Endlich drehte sich der Schlüssel in der Haustür ganz herum und ich betrat mein Häuschen.

Ein Blecheimer stürzte mit großem Getöse um und ich fuhr erschreckt herum. Ich konnte gerade noch einen großen honigbraunen Hund sehen, der durch eine Klappe an der Rückseite des Hauses in den Garten verschwand. Ich ging zum hinteren Fenster, um zu sehen, wohin er lief, aber der Hund war schon verschwunden. Was er wohl hier gesucht hatte? Und warum hatte Großvater eine spezielle Klappe angebracht, durch die dieser Hund ein und ausging?

Nun begann ich, systematisch das kleine Häuschen zu untersuchen: die trüben Fenster ließen nur wenig Tageslicht ins Innere, sodass meine Augen nach der grellen Sonne von draußen erst eine Weile brauchten, um sich an das Zwielicht zu gewöhnen. Die ergrauten Vorhänge mussten als erstes weg, beschloss ich, die nahmen auch noch das letzte bisschen Helligkeit weg! Das kleine Häuschen bestand nur aus einem einzigen Raum, den Großvater aber offensichtlich versucht hatte, ein wenig zu unterteilen. Die kleine „Küche" mit einem Kohlenherd und einem Spülbecken wurde vom Rest des Raumes durch ein Bücherregal abgetrennt. Im „Wohnzimmer" stand ein schäbiges altes Sofa und zwei dazu passende Ohrensessel. Sicher konnte man aber nach gründlicher Reinigung und mit ein paar Überwurfdecken einiges daraus machen. Ein uraltes Radio stand auf der niedrigen Kommode an der hinteren Wand, direkt unter dem rückwärtigen Fenster. Ich fragte mich, wie Großvater auf dem etwas unbequem aussehenden Sofa wohl übernachtet hatte, ohne Genickstarre zu bekommen. Wahrscheinlich gab es irgendwo noch ein Klappbett.

Als erstes öffnete ich den Hängeschrank im Küchenteil, um zu inspizieren, was dort alles vorhanden war. Ich erschrak ein wenig, als mir riesige Spinnweben entgegenkamen und die Schranktür gleich mit dazu. Das Scharnier war weggerostet und die Schranktür hatte wohl nur noch an dem Magnetverschluss gehalten. Da wartete ja ein ganz schönes Stück Arbeit auf mich!

Ich beschloss, gar nicht weiter herumzuschauen, sondern mich gleich nochmal auf mein Mountainbike zu schwingen, um Putzmittel und diverse andere Kleinigkeiten zu kaufen. Diesmal fuhr ich nicht direkt an der Straße entlang sondern benutzte die fast parallel laufenden Feldwege, was mir noch wesentlich mehr Spaß machte, als meine erste Fahrt. Ich parkte wieder auf meinem Parkplatz von vorhin und durchstöberte das Kaufhaus nach Flüssigseife, Desinfektionsmittel, Lappen und Putzeimer. Außerdem entschied ich, auch gleich eine Mausefalle und eine Dose mit Ameisenködern mitzunehmen - sicher war das auch vonnöten!

Als ich mit meinem Einkäufen in zwei unförmigen Plastiktüten verpackt wieder vor dem Kaufhaus stand, fiel mir ein, dass ich meine „Schätze" ja nun mit dem Fahrrad transportieren musste. Das unglückliche bei einem Mountainbike ist allerdings, dass diese Dinger noch nicht einmal über einen vernünftigen Gepäckträger verfügen, geschweige denn, über ein Transportkörbchen oder etwas ähnlich Praktisches. Wahrscheinlich waren diese Räder dafür gedacht, dass der Fahrer wie im Fernsehen immer einen Rucksack trug.

Ich murkste also die zwei Tüten so gut es ging am Lenker fest und verteilte die Einkäufe gleichmäßig auf beide Seiten, damit ich nicht aus dem Gleichgewicht kam. Vorsichtig schlenkernd setzte ich mich in Bewegung. Als ich schon wieder auf der Ausfallstraße fuhr, kam mir ein schwarzer Sportwagen entgegen und ich hätte schwören können, trotz der Reflektion der Sonne das grinsende Gesicht von Dr. Reinhardt zu sehen. Meine Güte, dieser Mensch verfolgte mich auch überall hin. Jetzt bildete ich mir schon ein, diesen Menschen in irgendwelchen Autos zu sehen. Lächerlich!

Ächzend bog ich schließlich in „meine" Straße ab und hielt vor dem Gartentor um es zu öffnen. Ich schob das Fahrrad bis zur Hauswand und lehnte es dort an. Es gab eine kleine Holzbank vor dem Haus, auf die ich mich erschöpft fallen ließ.

Richtig heiß war es jetzt schon geworden und ich konnte mich nicht so recht aufraffen, mit dem Hausputz anzufangen. Ich schaute auf den kleinen Vorgarten meines Häuschens und versuchte mir vorzustellen, wie es wohl in ein paar Tagen hier aussehen mochte, wenn ich alles ein wenig hergerichtet hatte. Der Gartenweg war überwuchert von Unkraut und den vernachlässigten Rosensträuchern. Der tönerne Blumenkübel, der wohl ursprünglich einmal ebenfalls einen Strauch irgendwelcher Blumen beherbergt hatte, war auseinandergeplatzt und die Scherben lagen nun verstreut herum. Irgendwie deprimierte mich das Ganze ein wenig. Ich konnte mir Großvater vorstellen, wie er dies alles einmal mit viel Liebe und Geduld gepflanzt und gepflegt hatte. Und jetzt lag alles hier öd herum und wartete darauf, aus dem Dornröschen-Schlaf geweckt zu werden. Um meine traurigen Gedanken zu verscheuchen beschloss ich nun doch, trotz der Hitze mit dem Großputz zu beginnen.

Da es kein fließendes Wasser hier gab, musste ich mein Putzwasser vom Brunnen im hinteren Garten holen. Eine echt antike Pumpe war das nächste Hindernis, das es zu überwinden galt: ich versuchte mit aller Kraft, den rostigen Griff zu bewegen. Nachdem ich im Schweiße meines Angesichts den Pumpenschwengel in Bewegung gesetzt hatte, floss eine rostig-rötliche Flüssigkeit in meinen Eimer. Glücklicherweise verschwand die rostige Färbung bald und ich konnte herrlich kühles, klares Wasser zapfen. Glücklich schleppte ich meinen Wassereimer ins Haus und machte mir in der Küche als erstes zu schaffen. Die Schränke und der klägliche Inhalt, ein paar Teller und Tassen, glänzten schon bald um die Wette und das war für mich schon Ansporn genug, gleich im hinteren Teil der Hütte weiterzumachen. Die alte Kommode mit den drei Schubladen beherbergte mehrere Tischtücher, die allerdings schon leicht angegraut waren sowie diverse alte Fotoalben und Briefe. Obwohl ich meine Neugierde kaum zurückhalten konnte, packte ich die Alben und Briefe gleich in meine Kaufhaus-Plastiktüte um sie später in mein Zimmer bei Frau Hansen mitzunehmen.

Ach ja, Frau Hansen! Ich schaute auf die Uhr: halb vier! Erst jetzt fiel mir auf, wie hungrig ich war. Ich hatte gar nicht bemerkt, wie die Zeit vergangen war, so vertieft war ich in meine Reinigungsaktion gewesen. Jetzt würde ich erst mal meine Arbeitswut hintenan stellen und Frau Hansens Einladung von heute Morgen in Anspruch nehmen. Ich freute mich auf ein Stück frischen Kuchen und eine Tasse Kaffee.

Als ich bei der Pension „Waldesruh" angekommen war, sah ich durch das Küchenfenster von draußen schon, dass die andere Frau bereits da war. Ich winkte Frau Hansen durch das Fenster zu und sie kam, um mir die Tür zu öffnen.

„Das ist aber schön, dass Sie uns Gesellschaft leisten wollen, Fräulein Ebert." Frau Hansen schien sichtlich erfreut über die Abwechslung. „Das ist Helene Meining, die die besten Milchkühe im ganzen Umkreis hat. Sie haben Sie ja schon heute Morgen kurz gesehen."

„Wir haben uns sogar schon gestern getroffen", erwiderte ich.

„Ja, richtig!" Frau Meining schien sich nur zögerlich erinnern zu wollen, „wir haben uns hinten beim alten Bergerschen Häuschen gesehen."

„Wissen Sie, Frau Hansen, ich bin nämlich nicht nur zur Entspannung hier, sondern eigentlich, um mein Häuschen in Augenschein zu nehmen, das mir mein Großvater kürzlich vererbt hat." Ich fühlte mich etwas unwohl, dass ich Frau Hansen nicht gleich reinen Wein eingeschenkt hatte - aber warum eigentlich?! Es war ja eigentlich meine Sache und konnte ihr egal sein. Trotzdem hatte ich den Eindruck, dass sich die beiden Frauen einen kurzen Blick zuwarfen, dessen Bedeutung mir jedoch verborgen blieb.

„Ja, ja, der alte Berger.... - war ja schon lange nicht mehr hier in Birkenfeld. Müssen wohl schon mindestens fünf Jahre sein, wenn ich's recht überlege." Frau Hansen stand nun auf, um mir eine Tasse

Kaffee zu holen. „Sicher sind Sie auch hungrig, Fräulein Ebert. Mögen Sie Apfelkuchen?" Dankbar nickte ich und während sich Frau Hansen am Kuchenblech zu schaffen machte, schaute ich Frau Meining an, die mich intensiv beobachtet hatte, seit ich ins Haus gekommen war. Ich glaubte zu sehen, dass sie mir zunickte und lächelte.

Ehe ich noch etwas sagen konnte, stellte mir Frau Hansen einen großen Teller voller duftenden Apfelkuchen vor die Nase zusammen mit einer Tasse starken Kaffees. Mein Magen meldete eine gewisse Priorität an und ich machte mich über den Kuchen her, nachdem ich mich brav bei Frau Hansen bedankt hatte. Die beiden Frauen unterhielten sich während ich aß angeregt über das Wetter in diesem Sommer und über die damit verbundenen Ernten von Obst, Gemüse und Getreide. Als ich den Kuchen verputzt hatte, gestattete mir Frau Hansen wieder die Teilnahme an ihrer Unterhaltung und fragte mich nach meinem Großvater.

„Was hat der alte Herr Berger Ihnen denn so über unser Dörfchen erzählt?" wollte sie wissen.
„Nicht viel eigentlich", musste ich eingestehen, „wissen Sie, Frau Hansen, wir Kinder, also mein Bruder und ich, haben uns nie so viel für Birkenfeld interessiert. Großvater ist immer allein hierher gefahren und hat uns nie von seinen Wochenendausflügen auch nur das Geringste erzählt."
„Schade für Sie und Ihren Bruder", warf Frau Meining ein, „für zwei kleine Kinder ist das doch hier ideal zum Spielen. Wie ungerecht vom alten Berger,

findest du nicht Hilde?" wandte sie sich nun an Frau Hansen.

„Er wird seine Gründe gehabt haben", gab diese kurz angebunden zurück, „warum machst du dir über diese längst vergangenen Geschichten jetzt noch Gedanken?" Ohne Frau Meining die Chance für eine Beantwortung der Frage zu lassen, stand sie auf und holte die Kaffeekanne, um nachzuschenken. Frau Meining schaute mich wieder mit ihren klugen blauen Äuglein unverwandt an.

„Ich möchte das alles jetzt nachholen und versuche, so viel wie möglich über meinen Großvater und sein zweites Leben hier herauszubekommen", sagte ich, „und außerdem möchte ich mir die kleine Hütte draußen am Dorfrand wieder herrichten, sodass ich öfters am Wochenende herkommen kann, um zu entspannen."

Frau Meining stimmte mir zu, „Sie haben sicher einen anstrengenden Job, Fräulein Ebert, Hilde hat mir erzählt, dass Sie in einem Reisebüro in Frankfurt arbeiten. Das stelle ich mir schrecklich interessant vor!" Wir plauderten noch eine Weile über meinen Beruf und über Frankfurt. Gegen fünf Uhr wollte ich wieder aufbrechen

„Vielen Dank für die nette Einladung, Frau Hansen, ich werde mich mal wieder auf den Weg machen, um noch ein wenig von dem großen Chaos zu beseitigen. Sie brauchen heute Abend nichts für mich herzurichten, ich werde mal mit meinem Auto in die Stadt fahren, da gibt's sicher einige nette Gartenrestaurants." Ich verabschiedete mich noch von Frau Meining, die mir nachrief, sie werde mich morgen einmal in meinem Häuschen besuchen kommen.

Während ich zurückradelte, machte ich mir Gedanken über Helene Meining. Irgendwie kam sie mir merkwürdig vertraut vor. Vielleicht war es auch nur so ein Eindruck, weil sie sich auch aus irgendeinem Grund sehr für mich und meine Familie zu interessieren schien. Naja, vielleicht war das alles auch nur Einbildung. Die beiden Frauen hatten hier im Dorf sicher auch nicht allzu viel Abwechslung und so waren sie für jede Neuigkeit aufgeschlossen.

Ich fühlte mich beobachtet, während ich mein Fahrrad durch das Vorgärtchen schob und an die Hauswand lehnte. Irgendwie war es ein unbehagliches Gefühl, obwohl ich nicht ausmachen konnte, woher es kam. Es war kein Mensch in der Nähe - zumindest keiner, den ich sehen konnte.... Langsam ging ich um das Haus herum und untersuchte die Rückfront von außen. Die ominöse Klappe, durch die der Hund heute Morgen verschwunden war, schien merkwürdigerweise das einzige zu sein, bei dem die Scharniere nicht verrostet waren. Offensichtlich benutzte der Hund das Häuschen als trockenes Nachtlager oder als Zufluchtsstätte. Anders konnte ich es mir nicht erklären. Gerne hätte ich den Hund näher kennengelernt, aber scheinbar war er eher ängstlich. Jedenfalls war er seit dem Morgen nicht mehr hier aufgetaucht. Ich betrat das Haus und machte mich wieder an die Kommode.

Als ich alle Schubladen ausgeräumt hatte, fing ich an, alles gründlich auszuwaschen. Danach fegte ich den Boden und putzte noch einmal feucht nach. Es sah jetzt alles schon richtig nett aus, fand ich, als ich mein Werk begutachtete - wenigstens wesentlich netter, als heute Morgen noch. Ich sah auf die Uhr und stellte fest, dass es Zeit war, zurück zur Pension zu fahren und mir noch ein wenig Arbeit für morgen aufzuheben. Deshalb schloss ich alles wieder ordentlich ab und radelte zu Frau Hansens Haus.

Sie stand mit Frau Meining auf der Eingangstreppe und war offensichtlich dabei, sich zu verabschieden.

„Nun sieh dir das an, Helene", sagte Frau Hansen, „da haben wir wirklich so lange geplappert, dass Fräulein Ebert schon wieder von ihrem Häuschen zurückkommt. Wieviel Uhr ist es denn?"

„Gleich halb acht", antwortete ich.

„Du lieber Himmel", rief Frau Meining, „meine Familie wartet sicher schon auf mich und ich hab' überhaupt noch nichts gekocht!"

„Lassen Sie doch ihre Familie mal kochen", sagte ich frech, „damit alle wissen, was sie an Ihnen haben!" Vor sich hinmurmelnd und grinsend lief Frau Meining schnellen Schrittes die Straße hinab.

„Wir sind hier nicht so emanzipiert, wie in der Stadt bei Ihnen", klärte mich Frau Hansen lächelnd auf.

„Ich meinte das auch nicht böse, aber Sie sagten doch selbst heute Morgen, dass die Familie von Frau Meining etwas mehr anpacken müsse und ich dachte, da helfe ich auch noch ein wenig nach."

„Ja, ja, die Familie von Frau Meining", murmelte Frau Hansen, verschwand in der Küche und ließ mich allein im Hausflur zurück. Irgendwie waren die Leute hier alle komisch. Ich schüttelte den Kopf und stieg die Treppe hinauf, meine Plastiktüte mit den Fotoalben und Briefen in der Hand.

Nachdem ich mich geduscht und meine Haare gewaschen hatte, fühlte ich mich schon wesentlich besser - nicht mehr so klebrig und staubig wie vorhin. Ich zog meine beige Sommerjeans und eine passende dünne Bluse an. Dann band ich meine halblangen Haare zu einem Pferdeschwanz zusammen. Auf Ohrringe und Make-up verzichtete ich ausnahmsweise, obwohl ich sonst nie ohne beides auf die Straße ging. Ich sagte mir, dass mich hier sowieso keiner kannte und meine Frankfurter Bekannten mir sicher nicht heute Abend über den Weg laufen würden. Und Christian ganz bestimmt auch nicht. Was er wohl jetzt machte? Ich geriet ein wenig ins Grübeln. Vielleicht war es doch auch ein bisschen meine Schuld gewesen, dass sich Christian eine andere Frau gesucht hatte. Insgeheim musste ich mir eingestehen, dass ich in den letzten Monaten wirklich übermäßig viel gearbeitet und nur wenig Zeit für ihn übrig gehabt hatte. Ich schaute in den Spiegel: zu meiner eigenen Überraschung waren die dunklen Ringe, die sich schon seit längerer Zeit unter meinen Augen breitgemacht hatten, fast ganz verschwunden. Richtig gesund sah ich aus im Vergleich zu vor zwei Tagen. Sogar ein bisschen braun war ich schon geworden!

Meine trüben Gedanken waren wie fortgeblasen, als ich mit Handtasche und Autoschlüssel bewaffnet die Treppen hinuntersprang. Unten stand erwartungsgemäß Frau Hansen, um mir auf Wiedersehen zu sagen und mir viel Spaß zu wünschen. Ich glaubte, auf ihrem Gesicht so etwas wie eine kleine Enttäuschung zu sehen, dass ich heute nicht mit ihr zu Abend essen würde.

„Wissen Sie, Frau Hansen, ich möchte mich gerne ein bisschen in der Stadt umschauen, Geschäfte ansehen und ein wenig bummeln", rechtfertigte ich mich.

„Ach, Fräulein Ebert, hier gibt's sowieso nichts, was es nicht auch bei Ihnen in Frankfurt gäbe", seufzte Frau Hansen, „gehen Sie nur Kindchen, ich sehe ja ein, dass Sie auch mal was anderes sehen und hören wollen, als die Probleme einer alten Frau."

„Sagen Sie doch sowas nicht, Frau Hansen", gab ich entrüstet zurück, „morgen früh werden wir beiden wieder gemütlich zusammen frühstücken!"

„Gut, dass Sie mich dran erinnern: morgen früh werde ich sicher schon fort sein, wenn Sie aufstehen. Ich muss nämlich mittwochs immer zum Arzt wegen des Kreislaufs, wissen Sie. Gegen elf bin ich sicher wieder zurück. Ich stelle Ihnen alles bereit zum Frühstücken. Wenn Sie gehen, vergessen Sie Ihren Schlüssel nicht, lassen Sie bitte kein Fenster offen und schließen Sie beim Weggehen zweimal rum!" Ende der Belehrung!

Ich stieg in mein Auto und fuhr Richtung Stadt. Als ob es hier von Dieben nur so wimmelte - 'lassen Sie bitte kein Fenster offen und schließen Sie zweimal rum!' Frau Hansen meinte offensichtlich, sie müsse mit Frankfurt mithalten, was die Diebstahlrate anging. In einem kleinen Nest wie Birkenfeld, wo jeder das Haus des Nachbarn mit Argusaugen beobachtete, hatten Diebe mit Sicherheit keine Chance. Ich musste lächeln. Großvater passte irgendwie gut hierher, ich konnte mir so richtig vorstellen, wie er am Wochenende herkam und sich blendend mit den Dorfbewohnern verstand. Auch er war in vielen Dingen sehr eigen gewesen. Wenn er etwas nicht sagen wollte, verstand er es meisterhaft, das Thema zu wechseln und außerdem fand er fast jeden Fleck der Erde zu gefährlich für sein kleines Mädchen und hatte mir immer tausend Ermahnungen mit auf den Weg gegeben. Tränen stiegen mir in die Augen, als ich jetzt an ihn dachte. Ich versuchte, sie zu unterdrücken, was mir nach einer Weile auch gelang, und dachte daran, dass er hier sehr glücklich gewesen war in den letzten Jahren, als er noch hierhergefahren war. Im Nachhinein war ich froh über meinen Entschluss, kein Make-up zu tragen: es wäre sonst schon längst zerlaufen gewesen.

Als ich im Stadtzentrum auf dem großen Marktplatz mein Auto abstellte, versuchte ich, herauszufinden, in welche Richtung man wohl am schnellsten zu einem netten Restaurant kam. Mein Magen meldete sich nämlich schon wieder unmissverständlich. Ich lief bis zur nächsten größeren Straße vor und sah an ihrem Ende ein Lokal vor dem ein paar Tische standen. In einer verrauchten Wirtschaft hatte ich sowieso nicht sitzen wollen, und der Abend war warm genug, um angenehm draußen essen zu können, also steuerte ich das Restaurant an. Erfreut stellte ich fest, dass es sich um einen Italiener handelte - ich liebe Pasta und ein Glas guten Rotwein! Nachdem ich mir einen netten kleinen Tisch in der Ecke gesucht und der Kellner mir die Speisekarte vorgelegt hatte, bestellte ich mir ein Nudelgericht, das ich noch nicht kannte und ein Glas Chianti. Der nette italienische Kellner wollte wissen, ob ich noch jemanden erwartete, oder ob er das zweite Gedeck abräumen könne. Lächelnd teilte ich ihm mit, dass ich gedächte, allein zu speisen und dass er sehr gerne die übrigen Bestecke einsammeln dürfe. Etwas verwirrt ob meiner guten Laune räumte er schnell den Tisch ab und verschwand wieder im Lokal. Ich schaute mich um: nett hier im Städtchen. Obwohl dies offensichtlich eine der Hauptstraßen war, schien alles sehr ruhig und verschlafen zu sein. Ab und zu fuhr ein Auto vorbei, meist langsam, um zu sehen, wer beim Italiener saß oder um bereits identifizierten Bekannten zuzuwinken. Ich schien unbewusst eines der „In-Restaurants" des Ortes erwischt zu haben - oder vielleicht sogar das einzige! In relativ kurzer Zeit füllte sich die kleine Außenterrasse und bald gab es an keinem Tisch mehr freie Stühle. Sogar meine zwei zusätzlichen Sitzgelegenheiten hatte man schon entführt. Mir war es nur recht, denn so hatte wirklich keiner mehr die Möglichkeit, mir seine Anwesenheit aufzuzwingen. Ich freute mich auf mein Essen allein und genoss es, die „High Society" der Stadt von meinem Logenplatz aus zu beobachten. Die Jungen und Junggebliebenen fuhren in ihren aufgemotzten Mittelklassewagen vor oder in den Cabrios ihrer Eltern. Unwillkürlich musste ich grinsen: bei uns in Frankfurt spielte sich das gleiche ab, nur ein oder zwei PKW-Klassen höher. Wie ähnlich doch eigentlich alles war.

Der nette Keller erschien mit meinem Wein und meiner Pasta. Das Essen war köstlich, was wahrscheinlich zum Teil auch an meinem großen Appetit lag. So richtig in Ruhe gut zu Abend gegessen hatte ich schon lange nicht mehr. Meistens hatte ich mir zu Hause entweder eine Dosensuppe oder ein Käsebrot gemacht oder ich war sowieso irgendwo zum Essen ausgegangen, wo mich entweder Freundinnen mit ihren Problemen belastet hatten und am Tisch in Tränen ausgebrochen waren oder irgendwelche Geschäftspartner versuchten, mir ein privates Gespräch aufzuzwängen. Ich atmete tief durch: nein, so viel Zeit für mich selbst hatte ich wirklich schon lange nicht mehr gehabt!

„Sieh an, sieh an, so trifft man sich wieder. Naja, die Stadt ist ja nicht sehr groß und Angelo ist nun mal der beste Italiener hier!" Diese Stimme kannte ich doch. Ich schaute von meinem Teller auf und sah Herrn Dr. Reinhardt ins Gesicht. Peinlicherweise konnte ich nicht unterdrücken, dass ich knallrot anlief. Ich konnte nur hoffen, dass man es dank meiner neu erworbenen Bräune nicht sehr stark bemerkte. Als ich fertig gekaut und geschluckt hatte, antwortete ich ihm.

„Guten Abend! Ja, ich hätte auch nicht gedacht, dass wir uns so schnell wiedersehen würden."

„Warum haben Sie sich nicht mal gemeldet, ich hätte ihnen gerne bei Ihrem einsamen Abendessen Gesellschaft geleistet!"

Genau deshalb habe ich mich nicht gemeldet, du Schnösel, wollte ich antworten, sagte aber, „Ich esse ganz gerne allein, ist so schön entspannend, wissen Sie."

„Naja, vielleicht ein andermal", erwiderte er verdutzt, „Sie haben ja meine Telefonnummer noch, oder?"

„Telefonnummer?" flunkerte ich, „wie sollte ich Ihre Telefonnummer haben?"

„Ja haben Sie denn nicht mein Kärtchen an Ihrem schicken Mountainbike gefunden?" Ich verneinte mit Unschuldsmiene und er schnippte freundlich lächelnd ein neues Visitenkärtchen neben meinen Pasta-Teller.

„Vielen Dank, Herr Dr. Reinhardt", sagte ich artig, „wenn ich mal ein krankes Tier habe, werde ich mich sicher gerne bei Ihnen melden." Damit wandte ich mich wieder meinen Nudeln zu. Etwas unsicher verabschiedete sich „Mr. T." und ging zurück zu seinem Sportwagen, der, wie mir erst jetzt auffiel, auf der Straßenseite gegenüber geparkt war, direkt hinter meinem Auto. Deshalb hatte er mich wahrscheinlich überhaupt entdeckt: mein Frankfurter Kennzeichen verriet mich hier überall.

Nachdem ich mein köstliches Mahl bezahlt hatte, fuhr ich schnurstracks zurück zu meiner Pension, um noch ein wenig in Großvaters alten Fotoalben herumzustöbern. Im Haus „Waldesruh" war schon alles dunkel: entweder war Frau Hansen mit einem heißen Disco-Aufriss unterwegs oder sie war schon zu Bett gegangen, weil es nichts Interessantes im Fernsehen gegeben hatte. Erstere Idee verwarf ich relativ rasch wieder, deshalb versuchte ich, so geräuschlos wie möglich die Haustür zu öffnen, um sie nicht unnötig zu stören. Leider knarrte die Haustür ganz fürchterlich, ich beschloss, gleich morgen mein neu erworbenes Ölkännchen mitzubringen und, ganz in Heimwerkermanier, Frau Hansens Türscharnier zu ölen.

„Bemühen Sie sich nicht, Kindchen, ich habe sowieso noch nicht geschlafen", kam Frau Hansens Stimme aus ihrem Schlafzimmer.

Ich erschrak zunächst, weil ich nicht damit gerechnet hatte, doch dann sagte ich, „Es tut mir leid, ich wusste nicht, dass Sie schon so früh schlafen gehen. Gestern war ich selbst so früh müde, aber normalerweise bin ich ein richtiger Nachtschwärmer. Also gute Nacht, bis morgen." Ich ging leise weiter die Treppe hinauf und tastete mich in meinem dunklen Zimmer zum Lichtschalter.

Kaum, dass ich das Zimmer betreten hatte, zog ich mich um und kuschelte mich in meinen bequemen Jogginganzug, dann holte ich die Plastiktüte mit den Fotoalben aus dem Kleiderschrank, wo ich sie vorsorglich hingestellt hatte. Ich fand zwar Frau Hansen sehr nett, aber trotzdem wollte ich gerne sicherstellen, dass ich die Bilder vor ihr zu Gesicht bekam.

Ich schlug das erste Album auf und besah mir die Gesichter, die mir aus den alten schwarzweißen Fotos entgegensahen. Die meisten der Bilder auf den ersten Seiten waren Porträts von mir unbekannten Männern und Frauen und ein Foto einer Schulklasse vor dem Schulgebäude. Die Gesichter der Kinder faszinierten mich. Ich besah mir jedes einzelne: trotz ihrer offensichtlichen Jugend sahen die meisten Knirpse wie Erwachsene aus. Die Blicke verrieten eine unglaubliche Lebenserfahrung. Durch den Krieg und die harte Feldarbeit auf dem Lande waren diese Kinder geprägt fürs Leben. Grobe Arbeitshosen, dicke Schnürstiefel und kurzgeschorene Köpfe taten das übrige, um in mir Mitleid mit den Kindern zu wecken: ihre Kindheit war sicher viel zu kurz gewesen, als dass sie sie hätten genießen können.

Auch auf den anderen Bildern versuchte ich, irgendjemanden zu erkennen, aber keines der Gesichter war mir irgendwie geläufig. Erst auf der vierten

Seite glaubte ich, ein Jugendbild meines Großvaters zu erkennen. Auf den nächsten Seiten waren verschiedene Bilder von ein und derselben jungen Frau. Dann gab es ein Foto, auf dem mein Großvater eben diese junge Frau im Hochzeitskleid in seinem Arm hielt. Ich blätterte zurück: dann musste diese Frau meine Großmutter sein, die Mutter meiner Mutter. Sofort begann ich, das Gesicht und die Statur der Frau mit meiner Mutter zu vergleichen. Ich suchte angestrengt nach Ähnlichkeiten. Die Frau hatte mittellanges, leicht gewelltes dunkles Haar, dunkle, wache Augen und ein etwas verkrampftes Lächeln. Irgendwie hatte ich Schwierigkeiten, in diesen Schwarzweißbildern etwas Vertrautes zu entdecken.

Natürlich war das alles schon sehr lange her und selbst meine Mutter hatte ihre eigene Mutter nie gekannt, hatte nie ihre Gestik oder Mimik imitieren können. Wie schwierig musste es sein, kein richtiges Rollenvorbild zu haben. Niemanden, dem man als kleines Mädchen nacheifern konnte. Ich selbst ertappte mich heute noch manchmal dabei, wie ich ganz bestimmte Redensarten oder Gesten meiner Mutter kopierte, teils bewusst und teils ungewollt. Meine Mutter hatte diese Möglichkeit nie gehabt. Sie musste ihre eigenen Erfahrungen machen und sich ihr Verhaltensmuster von vielen verschiedenen Vorbildern zusammenbauen. Noch nie vorher hatte ich mir solche Gedanken gemacht: wie sehr war meine Ma zu bewundern, hatte sie doch ihre eigene Mutterrolle so wunderbar ausgefüllt, ohne jemals selbst die Liebe und Fürsorge ihrer Mutter bewusst kennengelernt zu haben. Sie war damals ja noch viel zu klein gewesen, überhaupt zu erfassen, was mit ihrer Mutter passiert war. Später hatte sie sicher oft versucht, etwas über diese Frau herauszufinden, die zumindest zur Hälfte sie selbst war. Ich musste ihr unbedingt diese Fotoalben mitbringen, von denen ich nicht sicher war, ob sie sie jemals zu Gesicht bekommen hatte.

Aus irgendeinem Grund hatte Großvater sie hier aufbewahrt - oder versteckt? Ich blätterte weiter. Noch vier oder fünf Bilder zeigten Großvater mit seiner Frau, danach erschienen wieder viele verschiedene Leute, die ich nicht kannte. Weiter hinten gab es noch ein Bild meines Großvaters mit einem anderen jungen Mann und einem älteren Ehepaar, die ganz unverkennbar seine Eltern sein mussten. Der zweite junge Mann musste demnach Mutters Onkel Werner sein, der im Krieg gefallen war. Er war zwei Jahre älter gewesen als Opa Karl. Interessant. Onkel Werner war eigentlich der hübschere von beiden und schien auch selbstbewusster dazustehen, als sein jüngerer Bruder. Dunkles, leicht gewelltes und mit Pomade gezähmtes Haar, eine schöne gerade Nase und große, dunkle Augen mit langen Wimpern, ich überlegte mir, wie gerne ich ihn einmal kennengelernt hätte. Sein etwas schiefes, verschmitztes Lächeln auf dem Foto ließ einen humorvollen Menschen vermuten. Sicher hatte er früher mit meinem Großvater zusammen einige Streiche ausgeheckt. Schade, dass ich nie die Möglichkeit haben würde, ihn kennenzulernen. Ich legte das erste Album beiseite.

Das zweite, dickere Album war in teures Leder eingebunden und wesentlich aufwendiger verarbeitet, als das erste. Ich hievte es auf meine Knie. Eigentlich war ich schon viel zu müde, noch weiter wachzubleiben, aber andererseits war ich zu gespannt auf die Bilder im zweiten Band, als dass ich mich jetzt hätte schlafen legen können.

In diesem Album waren fast nur Personen, die ich nicht kannte. Ein oder zweimal erschienen Onkel Werner oder mein Großvater. Ansonsten waren es hauptsächlich Bilder von einer jungen Frau, die ich nicht einordnen konnte. Nie war sie mit einer anderen Person gleichzeitig abgebildet, die einen Aufschluss darüber hätte geben können, in welcher Verbindung sie zu meiner Familie stand. Sie sah sehr sympathisch aus, warme, freundliche Augen von hellerer Farbe, als die meiner Großmutter. Leider konnte man auf den farblosen Bildern nicht allzu viele Einzelheiten erkennen. Auch die Haarfarbe konnte ich natürlich nicht definieren. Sie schien genauso hell oder dunkel zu sein, wie die meiner Großmutter. Am Ende des Albums klebten noch einmal ein paar Bilder von Großvater und seiner Frau und auch von Onkel Werner zusammen mit meiner Großmutter und - ja und mit dieser Frau von den Bildern zuvor! Ich verglich die Fotos: es gab keinen Zweifel, da war diese Frau zum ersten Mal auf einem Bild zusammen mit meinen Verwandten. Also musste sie auch in einem Zusammenhang mit ihnen stehen. Vielleicht war es die Frau oder Freundin von Onkel Werner. Mein Großvater hatte mir nie viel über seinen Bruder erzählt, ob er verheiratet war, oder nicht oder was für ein Mensch er gewesen war. Ich beschloss, meine Mutter danach zu fragen, wenn ich wieder zu Hause war. Sie musste etwas mehr wissen, als ich, auch wenn sie ihn nie gekannt hatte. Ob ich auch morgen einmal Frau Hansen oder Frau Meining befragen sollte. Sicher kannten die beiden einige der Fremden auf den Bildern. Andererseits waren dies sehr private und persönliche Besitztümer meines Großvaters und eigentlich wollte ich sie nicht gerne herzeigen, da ich immer noch irgendwie das Gefühl hatte, dass er sie aus einem bestimmten Grund hier aufbewahrt hatte.

Jetzt war ich wirklich müde. Ich wollte mir die Briefe und Unterlagen aus der Kommode für den morgigen Abend aufheben und so putzte ich mir die Zähne, ließ mich in mein Bett plumpsen und schlief sofort ein.

Mittwoch

Ich hatte ganz auf einen Wecker verzichtet, da ich mich in meinem Urlaub so richtig nach Herzenslust ausschlafen wollte. Deshalb wurde ich auch erst wach, als ich unten die Haustür klappen hörte. Sofort sprang ich auf und streckte mich. Ein Blick auf die Uhr sagte mir, dass es bereits acht Uhr dreißig war. Ich spähte aus dem Dachfenster hinunter auf die Straße und sah, wie Frau Hansen Richtung Bushaltestelle lief. Richtig, sie hatte ja heute ihren Arzttermin! Rasch wusch ich mir das Gesicht und verwandelte mich langsam wieder in ein menschliches Wesen. Ich zog meine Jeans und ein frisches T-Shirt an und ging in die Küche.

Frau Hansen hatte wirklich vorbildlich für mich gesorgt. Das Frühstück stand schon fertig vorbereitet auf dem Tisch: drei frische Brötchen, zwei Töpfe verschiedener selbstgemachter Marmelade, ein Glas Bienenhonig, frische Milch und eine Thermoskanne mit Kaffee. Eine Thermoskanne! Ich musste grinsen: irgendwie schien mir dieses „moderne" Stück anachronistisch in dieser altmodischen Küche. Zwei der Brötchen vertilgte ich mit Heißhunger - das musste wirklich die frische Landluft sein, die mich so verändert hatte. Zu Hause frühstückte ich nie, egal ob wochentags oder am Wochenende. Innerhalb der ersten zwei Stunden nach dem Aufstehen bekam ich gewöhnlich keinen Bissen herunter. Hier in Birkenfeld jedoch schien mein ganzer Körper wie ausgewechselt: ich schlief wie ein Murmeltier, hatte gesunden Appetit und fühlte mich rundum wohl und entspannt. Ich bedauerte wieder einmal, dass ich noch nie vorher hier gewesen war, sondern meine Entspannung und Abwechslung immer auf anderen Kontinenten gesucht hatte, wo mich meist Hitze, fremdes Essen oder ungewohnte Lebensgewohnheiten mehr strapazierten als entspannten. Vielleicht sollte ich demnächst in meinem Reisebüro „Kururlaub in Birkenfeld" anbieten, oder etwas ähnliches.

Das dritte Brötchen schmierte ich mir und wickelte es in etwas Alufolie, die auf dem Küchenschrank lag. Ich steckte es ein für den Fall, dass mich ein plötzlicher Hungeranfall überfiel, während ich meinem Putzfimmel frönte.

Brav schloss ich die Haustür von Frau Hansens Pension zweimal ab nachdem ich mich vorher davon überzeugt hatte, dass auch wirklich keines der Fenster offenstand. Die Plastiktüte mit den Alben und den Briefen legte ich vorsorglich - sicher ist sicher - wieder in den Kleiderschrank hinter meine Pullover.

Quietschend drehte sich der Schlüssel in „meiner" Haustür. Ich schob die knarrende, verzogene Holztür langsam auf und ließ meinen Augen wieder einen Moment Zeit, sich an das Halbdunkel zu gewöhnen. Heute waren als erstes die Vorhänge dran: die mussten endgültig weg. Gestern hatte ich noch meine sentimentale Ader walten lassen, die mir gesagt hatte, dass Großvater sie sicher mit viel Liebe ausgesucht und aufgehängt hatte, aber heute nun war ich in richtiger Aufräumwut und begann, die wackeligen Gardinenstangen abzumontieren. Als nächstes waren die Sofagarnitur und die Ohrensessel dran. Ich schleifte den ersten Sessel nach draußen, wo ich tüchtig mit der flachen Hand auf ihn eindrosch, um den Staub herauszubekommen. Leider endete diese Aktion damit, dass mein frisches T-Shirt in schönstem Grau leuchtete und meine Hände rabenschwarz waren. Ich holte die neue Wurzelbürste, die ich gestern gekauft hatte und etwas Flüssigseife aus dem Haus und seifte den Sessel dick ein. Danach spülte ich das Ganze mit einem Schwamm und klarem Wasser ab. Gar nicht so schlecht, befand ich und machte mich daran, den zweiten Sessel herauszuholen, dem ich die gleiche Behandlung zuteil werden ließ. Ich stellte beide Sitzmöbel in die Sonne, damit sie bis zum Abend trocknen konnten. Das Sofa musste ich mir für einen anderen Tag aufheben, wenn ich mir eine Hilfe organisiert hatte. Zum Tragen war es für mich alleine viel zu schwer.

Dann sah ich mich im Haus um, woran ich meine Arbeitswut wohl als nächstes auslassen konnte. Fensterputzen! Jetzt wo die Gardinen herunter waren, konnte man die ganze Schönheit der trüb gewordenen Fensterscheiben sehen. Ich machte mich an die Arbeit und nach eineinhalb Stunden schien es mir, als wäre das Innere des Hauses schon viel heller, weil das Sonnenlicht jetzt besser hereinkam. Ich war stolz auf mich!

Da es ungefähr Mittagszeit war, setzte ich mich auf die Stufen vor der Haustür, verdrückte mein drittes Brötchen und dachte nach. In die Stadt fahren, um Stoff oder ein paar Decken zu kaufen, mit denen ich die Sitzmöbel etwas poppiger hätte gestalten können, ging nicht. Meine morgendliche Staub-Aktion hatte meine Klamotten ziemlich unansehnlich gemacht und ich hatte keine Lust, mich jetzt umzuziehen. Daher beschloss ich, mir den Garten etwas genauer anzusehen und den kleinen Verschlag an der Rückfront des Häuschens. Im linken Teil des Verschlages befand sich ein uraltes Plumpsklo und im rechten Teil davon eine kleine Kammer, in der Großvater offensichtlich seine Gartenutensilien untergestellt hatte. Ich räumte alles heraus und breitete alle Teile auf der Wiese aus: eine alte Sense mit Schleifstein, ein Rechen in recht gutem Zustand, eine Hacke und verschiedene Scheren und Heckenschneider. Ob ich die Sense einmal ausprobieren sollte? Ich hatte noch nie ein solches Gerät in der Hand gehalten. Als Kind hatte ich Großvater oft bei uns im Garten zugesehen, wenn er unseren Rasen gemäht hatte und ihn dafür bewundert, wie geschickt und gleichmäßig er damit schneiden konnte, aber selbst hatte er mich das natürlich nie probieren lassen. Ich fuhr mit dem Daumen über die Klinge, um zu prüfen, ob sie noch scharf war. Eine dünne Rostschicht hatte sich darauf abgelagert, aber sonst schien sie in Ordnung zu sein. Ich fuhr ein paarmal mit dem Schleifstein über die Kante, bis sie wieder blank war. Nun versuchte ich, mich zu erinnern, wie Großvater die Sense immer gehalten hatte. Ich probierte verschiedene Möglichkeiten aus, aber keine schien mir die richtige zu sein.

„So wird das doch nie was, Fräulein Ebert!" die vertraute Stimme von Frau Meining riss mich aus meinen fruchtlosen Überlegungen.

„Guten Tag, Frau Meining!" rief ich, „können Sie so ein Ding bedienen, ich meine benutzen?"

"Na, nun geben Sie mir die Sense mal her, ich zeig Ihnen, wie´s geht." Geschickt griff Frau Meining die Sense und schnitt ein paar Quadratmeter der verwilderten Wiese. Fasziniert schaute ich ihr zu.

„Sehen Sie, ist gar nicht so schwer! Kommen Sie mal her, ich zeige es Ihnen. Ich bin nämlich schon zu alt, Ihnen das alles hier zu mähen, das müssen Sie schon selbst machen!" Schnell ging ich zu Frau Meining auf die Wiese und sie erklärte mir geduldig, wie ich das Sensenblatt zu führen hatte und was man alles beachten musste. Das war fast eine richtige Kunst. Nachdem es den Anschein hatte, dass ich kapiert hatte, worum es ging, sagte Frau Meining zu mir, „So, ich überlasse Sie nun Ihrer Übungsfläche. Ich schätze, Sie werden etwa eine Stunde für die Wiese benötigen. Bis Sie fertig sind, bin ich mit einer kühlen Limonade und einem Stück frischen Kuchen zurück und wir machen gemeinsam eine Pause, einverstanden?!" Ich nickte ihr strahlend zu und sie verschwand Richtung Vorgärtchen. Konzentriert machte ich mich an meine Aufgabe - schließlich wollte ich Frau Meining nicht enttäuschen. Wäre doch gelacht, wenn ich das nicht schaffen würde! Während ich vor mich hin mähte, hatte ich Zeit zum Nachdenken. Ich mochte Frau Meining gern. Eigentlich hatte ich sie vom ersten Augenblick an irgendwie sympathisch gefunden - wenn auch geheimnisvoll. Die klugen, blauen Augen in ihrem lebenserfahrenen, zerfurchten Gesicht hatten irgendwie etwas Beruhigendes. Ich hatte das Gefühl, als ob sie ganz bewusst meine Nähe suchte. Sie versuchte aus irgendeinem Grund, mit mir in Kontakt zu kommen. Ich konnte mir nicht vorstellen, warum, aber es hatte mit hundertprozentiger Sicherheit etwas mit meinem Großvater zu tun.

Meine Hände begannen zu schmerzen und ich hatte erst die Hälfte der Wiese hinter mich gebracht. Mein Ehrgeiz würde nicht locker lassen, bevor ich nicht die ganze Fläche gemäht hatte. Irgendwo in Großvaters Verschlag hatte ich ein Paar alte Gartenhandschuhe gesehen. Ich holte sie heraus und streifte sie über, nachdem ich sie umgestülpt hatte, um sicher zu gehen, dass keinerlei Mauseknödel oder ähnliche Dinge darin verborgen waren. Jetzt ging es ein wenig besser und tatsächlich war ich gerade fertig geworden, als Frau Meining mit der Limonade und dem Kuchen zurückkam. Ich winkte ihr freudig zu, als sie durch das Gartentor kam. Wie ulkig, ihr Gang erinnerte mich ein wenig an meinen Bruder Stephan. Frau Meining hatte einen schönen alten handgeflochtenen Weidenkorb dabei, in dem sie ihre Köstlichkeiten verstaut hatte, abgedeckt mit einem blau-weiß karierten Tuch. Wir machten es uns in den inzwischen getrockneten Ohrensesseln im Vorgärtchen gemütlich und kicherten wie zwei Teenager bei der Vorstellung, was die Dorfbewohner wohl über uns sagen würden, wenn sie uns so sehen könnten.

„Herr Borchert, der pensionierte Lehrer, würde uns wahrscheinlich glattweg für übergeschnappt halten", freute sich Frau Meining. Offensichtlich machte es ihr Spaß, einmal aus dem tristen, geregelten

Dorfalltag auszubrechen. Wir unterhielten uns blendend über alles Mögliche und irgendwie schienen wir beide über die berühmte gleiche Wellenlänge zu verfügen, obwohl uns viele Jahrzehnte trennten. Nach einer ganzen Weile erklärte ich Frau Meining, dass ich jetzt noch ein wenig weitermachen wolle, wo ich doch alles so schön gemäht hatte. Ich sagte ihr, dass ich sie gerne zum Abendessen einladen würde aber sie erwiderte, dass sie ihre Familie versorgen müsse und daher meine freundliche Einladung leider nicht annehmen könne.

„Wie wäre es, wir treffen uns morgen um die gleiche Zeit wieder hier und diesmal besorge ich Kuchen und Limonade. Wissen Sie, Frau Meining, ich habe nämlich zwei alte Fotoalben hier gefunden und ich kenne so gut wie niemanden auf den Bildern. Ich hatte gehofft, Sie könnten mir vielleicht mehr über die Personen erzählen, die dort abgebildet sind. Sicher kennen Sie einige mehr als ich."

Der Gesichtsausdruck von Frau Meining veränderte sich merklich. „Haben Sie die Alben hier?" fragte sie.

„Nein, sie sind in der Pension, ich bringe sie morgen mit hierher." -

„Ah so, ja. Sicher, gerne würde ich Ihnen helfen, mit den Leuten auf den Bildern, aber ich bin nicht sicher, ob ich irgendjemanden von Ihren Verwandten oder den Bekannten Ihres Großvaters erkennen werde." Frau Meining sammelte die Limonadengläser ein, verstaute alles in ihrem Korb und machte sich auf den Heimweg. Ich wünschte ihr einen schönen Abend und sagte ihr, dass ich mich schon sehr auf unser morgiges Treffen freute. Sie erwiderte einen zerstreuten Gruß und verschwand durch das Gartentor.

Ich schüttelte den Kopf: jetzt hatte ich wirklich das Gefühl gehabt, ich sei zu ihr durchgedrungen und hätte ihr Misstrauen zerstreut, aber irgendetwas von dem, was ich gesagt hatte, hatte dieses dünne Band der Vertrautheit wieder zerrissen. War ich zu gedankenlos gewesen und hatte eine flapsige Bemerkung gemacht, die sie verletzt haben konnte? Ich war mir keiner Schuld bewusst. Während ich das geschnittene Gras zusammenrechte, grübelte ich darüber nach. Nein, es musste etwas anderes sein. Vielleicht hing es mit den Fotoalben zusammen. Das würde ich ja dann morgen sehen.

Wieder überfiel mich das merkwürdige Gefühl des beobachtet werdens. Ich drehte mich um und sah den großen gelblich-braunen Hund am Ende des Grundstücks stehen. Er beobachtete mich regungslos. Da ich Hunde über alles liebte, sprach ich ihn an und versuchte, ihn zu locken. Er spitzte tatsächlich die Ohren und kam ein paar schüchterne Schritte auf mich zu. Ich ging in die Hocke, um ihm weniger bedrohlich zu erscheinen und nun schien er sein Misstrauen abgelegt zu haben und kam schwänzelnd auf mich zu. Ich kraulte ihn und sprach mit ruhiger Stimme auf ihn ein. Er schien sich nun richtig wohl zu fühlen, denn er legte sich brummend auf den Rücken und ließ sich von mir den Bauch streicheln. Ich bemerkte, dass er kein Halsband trug, was aber sicher in einem kleinen Dorf wie Birkenfeld kein Problem war, da jeder die Haustiere seiner Nachbarn gut kannte und frei herumlaufende Hunde wie dieser nicht gleich der Polizei gemeldet wurden, wie bei uns in Frankfurt. Ohne Halsband konnte ich natürlich weder herausfinden, wie der Hund hieß, noch, wohin er gehörte. Wenn er überhaupt irgendwohin gehörte... Er war allerdings gepflegt und hatte ein gut gebürstetes Fell, daher musste sich zumindest irgendwer um ihn kümmern. Ich genoss das Zusammensein mit diesem zutraulichen großen Hund und hatte mich inzwischen neben ihn auf die Wiese gesetzt. Großvater hatte immer die verschiedensten Tiere gehabt: Hunde, Katzen, Hasen und einen Kanarienvogel. Als Kinder hatten mein Bruder und ich immer meine Eltern angebettelt, uns auch einen Hund oder wenigstens einen kleinen Hamster zu kaufen, aber sie waren immer auf dem Standpunkt, dass wir uns sowieso nicht um die Tiere kümmern würden. Besonders unsere Mutter hatte da Bedenken und führte außerdem an, dass wir uns dann bei unseren Urlaubsreisen einschränken müssten und dass wir ja im Übrigen jederzeit meinen Großvater besuchen könnten, wenn wir Tiere um uns haben wollten. Eine Weile lang hatte es für uns Kinder auch nichts Schöneres gegeben, als Großvaters beiden große Hunde auszuführen oder mit ihm zusammen Hasenfutter auf den Feldern und Wiesen zu sammeln. Natürlich war unsere Begeisterung dann irgendwann anderen Interessen gewichen, als wir älter wurden. Allerdings stellte ich immer wieder fest, dass ich ein ganz besonderes Verhältnis zu Tieren hatte und diese das offensichtlich auch zu bemerken schienen. Dieser Hund war binnen kürzester Zeit sehr zutraulich geworden und seine anfängliche Zurückhaltung völlig verschwunden.

Als Kind hatte ich immer Tierarzt werden wollen, weil ich mir nichts Schöneres vorstellen konnte, als kranke Tiere wieder zu heilen. Später allerdings hatte ich feststellen müssen, dass man natürlich nicht nur kuschelige Haustiere behandelte, sondern auch Kühe, Schweine und andere Nutztiere, dass man auch Tiere töten musste und dass es oft auch eine sehr schmutzige und anstrengende Arbeit war. Plötzlich war dieser Berufsstand nicht mehr so strahlend gewesen und so hatte ich beruflich irgendwann eine ganz andere Richtung eingeschlagen. „Dr. Thomas Reinhardt, Veterinär" spukte mir auf einmal wieder im Kopf herum. Er hatte das durchgezogen, wovor ich die Waffen gestreckt hatte. Es musste schwer sein, sich auf dem Lande einen guten Ruf als Veterinär zu erarbeiten. Die Bauern hier schienen schwer zugänglich und nahmen sicher nur langsam Neues an. Ich konnte mir irgendwie schwer vorstellen, wie dieser Schicki mit seinen modischen Klamotten, seiner Fönfrisur und seinem Sportwagen im Kuhstall einem Kalb auf die Welt half oder einem Schwein eine Injektion gab. Das passte nicht zu dem Bild, das ich mir von ihm gemacht hatte.

Ich stand wieder auf, um noch den Rest des gemähten Grases zusammen zu rechen. Der Hund sprang mit mir auf und begann, bellend um mich herum zu hüpfen. Offensichtlich versuchte er, mich zum Spielen zu animieren. Ich lachte und machte eine Weile lang mit, rannte hinter ihm her und tat so, als ob ich ihn jagen wollte. Als ich außer Atem war, ließ ich mich lachend und keuchend in den Heuberg fallen, den ich schon vorher aufgehäuft hatte. Sofort kam der Hund und begann, meine Hände zu lecken, ganz so, als ob er sich bei mir für die nette Abwechslung bedanken wollte. Kurz darauf drehte er sich nämlich um und verschwand genauso schnell, wie er gekommen war. Schade, naja, jetzt konnte ich wenigstens ohne schlechtes Gewissen meine Arbeit beenden. Als ich fertig war, bewunderte ich meinen kleinen Grashügel und schleppte dann die getrockneten Sessel ins Haus zurück. Ordentlich schloss ich die Haustür ab - Frau Hansen wäre stolz auf mich, dachte ich und musste grinsen.

Als ich am Abend zur Pension zurückradelte, sah ich gerade noch, wie sich Frau Meining verabschiedete.

„Und mach' Dir nicht allzu viele Sorgen darüber, hörst Du!" rief Frau Hansen ihr nach bevor sie mich um die Ecke biegen sah. „Ach, Fräulein Ebert, heute sind Sie ja schon etwas früher zurück von Ihrer endlosen Aufgabe", begrüßte sie mich und schien mir aus irgendeinem Grund etwas verlegen zu sein.

„Grüß Gott, Frau Hansen, wie war der Arztbesuch heute Morgen?" wollte ich wissen. „Ach das, ja, meine Werte sind guter Durchschnitt, wie immer. Nichts Aufregendes", erwiderte sie und ging mit mir ins Haus, „Helene, also Frau Meining, war gerade auf ein Tässchen Kaffee hier und sagte mir, dass Sie alte Fotoalben im Haus Ihres Großvaters gefunden hätten und dass Sie Schwierigkeiten hätten, die vielen verschiedenen Leute einzuordnen. Vielleicht kann ich Ihnen behilflich sein, was meinen Sie?"

Ich war überrascht über ihr plötzliches Interesse und ihren Eifer, mir zu helfen. „Das wäre furchtbar nett, Frau Hansen", freute ich mich, „wie wär's, wenn ich die Alben gleich herunter hole und wir nach dem Abendbrot einmal reinschauen?" Frau Hansen war offensichtlich hocherfreut, dass ich heute Abend bei ihr essen würde. Sie verschwand gleich in der Küche und begann, ein fürstliches Mahl herzurichten. Der Duft von gebackenen Kartoffeln, Zwiebeln und Speck stieg mir in die Nase während ich mich in meinem Zimmer frisch machte und in saubere Klamotten wechselte. Frau Hansen hatte ein richtig zünftiges Bauerfrühstück zubereitet und obwohl ich sonst sehr auf leichte und fettarme Küche achtete, war ich begeistert von dem deftigen Gericht. Ein kühles Bier tat noch das übrige dazu, uns in redselige Stimmung zu versetzen.

Nachdem Frau Hansen den Tisch abgeräumt und von den Resten unseres üppigen Mahls befreit hatte, wuchtete ich das erste Album auf den Küchentisch. Gespannt setzte sich Frau Hansen auf den Stuhl neben mich und rückte ihre Brille auf der Nase zurecht.

„Diese Leute hier dürften Verwandte meines Großvaters sein, die ich nicht kenne, denn sehen Sie, hier kommen dann ein paar Bilder von Opa Karl", erklärte ich Frau Hansen. Sie besah sich die Fotos auf den ersten paar Seiten und konnte tatsächlich einige der Personen darauf wiedererkennen.

„Dies hier vorn ist Ihre Urgroßmutter und die jüngere Frau daneben ist ihre kleine Schwester, auf dem Bild hier, sehen Sie, das ist der Vater Ihres Großvaters. Ein stattlicher Mann war das, sehen Sie nur seinen schicken Zwirbelschnurrbart an. Das war damals schrecklich modern." Frau Hansen war nun ganz in die Bilder vertieft und schien sich lebhaft der alten

Zeiten zu erinnern, wie ich an ihren glühenden Wangen zu erkennen glaubte. Sie beugte sich über die nächsten Seiten und besah sich die Gesichter auf den Fotos.

„Na, diese Frau hier haben Sie sicher erkannt, das ist Ihre Großmutter. Schönes Hochzeitskleid hatte sie, die Arme....", seufzte Frau Hansen, „so eine freundliche Frau war das, wirklich tragisch dieser Unfall!" Ich schaute mir die Fotos ebenfalls noch einmal genauer an und stellte mit Erstaunen fest, dass die Frau, die meine Großmutter war, selbst auf ihrem Hochzeitsbild ein melancholisches Gesicht machte. Jetzt bemerkte ich auf einem der Bilder von der Hochzeit meines Großvaters auch Onkel Werner mit der Frau aus dem zweiten Fotoalbum im Arm. Offensichtlich war es eine größere Feierlichkeit gewesen. Großmutter war die einzige Tochter eines der reichsten Bauern der Gegend gewesen und so hatte man ihr ein unvergessliches Fest bereitet. Das ganze Dorf hatte mitgefeiert. Frau Hansen spickte die Bilder noch mit Geschichten und Anekdoten aus jener Zeit und so wurde es rasch sehr spät.

Ich gähnte und Frau Hansen meinte mitfühlend, „Nun legen Sie sich mal ins Bett, morgen ist auch noch ein Tag. Sie können ja kaum noch gerade aus den Augen schauen. Übernehmen Sie sich nicht ein bisschen mit Ihrem Vorhaben, diese verfallene Hütte innerhalb einer Woche wieder herzurichten?"

„Nein, nein, Frau Hansen, das macht sicher nur die Landluft hier. Mir geht's so gut wie schon lange nicht mehr. Es ist eine angenehme Abwechslung, ein bisschen körperlich zu arbeiten und viel an der frischen Luft zu sein. Stellen Sie sich vor, heute habe ich die ganze Wiese mit der Sense gemäht. Frau Meining kam zufällig vorbei und hat mir freundlicherweise erklärt, wie's geht."

„So, so, Helene war auch dort. Naja, das überrascht mich nicht", murmelte Frau Hansen.

„Warum überrascht Sie das nicht?" wollte ich wissen, doch Frau Hansen wich meiner Frage aus.

„Für wann soll ich das Frühstück morgen richten? Ich würde sagen, Sie schlafen sich gemütlich aus und ich warte auf Sie, dann können wir bei einer Tasse Kaffee ein wenig plaudern." Ich nickte brav und wollte gerade mein Fotoalbum zuklappen, als mir noch etwas einfiel, was ich nicht bis morgen aufschieben wollte.

„Sagen Sie, Frau Hansen, wer ist diese hübsche junge Frau im Arm von Großvaters Bruder Werner?" Sie sah mir direkt in die Augen und antwortete, ohne auf die Fotografie zu schauen, „Ich weiß ihren Namen nicht mehr. Irgendein Mädchen aus dem Dorf." Verdutzt schlug ich das Album zu, wünschte ihr eine gute Nacht und verschwand nach oben in mein Zimmer. Warum, fragte ich mich, gab es bestimmte Dinge, über die man nicht reden wollte? Frau Hansen wie auch Frau Meining schienen ab einem bestimmten Punkt irgendetwas abzuriegeln, als ob sie etwas vor neugierigen Augen schützen wollten. Wer war diese Frau? Warum reagierte Frau Hansen so? Ich würde den gleichen Versuch morgen mit Frau Meining starten. Mal sehen, was sie dazu zu sagen hatte.

Als ich auf meinem Bett saß, öffnete ich nochmals das zweite Album, in dem sich viele Bilder dieser myste-

riösen Frau befanden. Ich sah mir ihr Gesicht sehr lange an und grübelte, was es mit ihr wohl auf sich hatte. Sie sah wirklich nett aus, eine lustige Person und sehr hübsch. Onkel Werner und sie hatten ein schönes Paar abgegeben. Aber sie hatte ein Geheimnis und ich beschloss, dass ich nicht eher hier abreisen würde, bis ich die ganze Geschichte herausgefunden hatte. Morgen war erst Donnerstag und ich hatte bis Sonntag in der Pension vorgebucht. Sicherheitshalber hatte ich aber meinen Urlaub im Büro bis einschließlich Mittwoch eingereicht, das hieß, ich konnte bei Bedarf meinen Aufenthalt hier um ein paar weitere Tage verlängern.
Ich seufzte, klappte das Album endgültig zu und fiel fast sofort in einen tiefen Schlaf.

Wirre Träume, in denen die verschiedenen Personen aus den Bildern vorkamen. Frau Meining und Frau Hansen kamen ebenfalls darin vor. Sie waren alle auf einem großen Fest, wahrscheinlich der Hochzeitsfeier meiner Großeltern. Es wurde gelacht und getanzt, es gab gegrilltes Schweinefleisch für alle und das Bier floss in Strömen. Ein großer Tumult am Rande der Tanzfläche forderte plötzlich die Aufmerksamkeit aller Gäste. Frau Meining schrie und beschimpfte die junge Frau, die auf den Fotos die Freundin von Onkel Werner war. Ich versuchte, näher heranzukommen, um zu hören, worum der Streit ging, konnte jedoch nichts verstehen. Plötzlich stand Dr. Reinhardt neben mir und hatte sein Stethoskop um den Hals, als ob er gerade aus seiner Praxis käme. Er lächelte mich freundlich an und sagte, ‚Die beiden streiten sich immer, warum hat man sie nur gemeinsam eingeladen?' Danach verschwand er wieder zwischen den anderen Hochzeitsgästen. Ich war verwirrt und bekam plötzlich Durst. Diesen Durst empfand ich tatsächlich und zwar so stark, dass ich davon erwachte. Ich tastete mich zum Lichtschalter und ging ins Badezimmer, um ein wenig Leitungswasser zu trinken. Was für ein blöder Traum, ich verzog mein Gesicht vor dem Badezimmerspiegel. Alle meine neuen Bekannten waren bunt durcheinandergemischt gewesen mit den Gesichtern aus den Fotoalben. Verrückt, welche Streiche einem das Gehirn manchmal spielte! Trotzdem ärgerte ich mich ein wenig, dass ich nicht erfahren hatte, warum sich Frau Meining in meinem Traum mit dieser jungen Frau gestritten hatte. Und was hatte, bitte schön, der gestriegelte Tierarzt schon wieder hier zu suchen? Ich schüttelte den Kopf und legte mich wieder in mein warmes Bett, um weiterzuschlafen.

Donnerstag

Am nächsten Morgen dachte ich gleich nach dem Aufwachen wieder an meinen absurden Traum von letzter Nacht. Ich beschloss, Frau Hansen nichts davon zu erzählen, sondern zunächst den Fotoalbum-Test heute mit Frau Meining zu machen.

Als ich die Treppe herunter in die Küche kam, war Frau Hansen schon wieder geschäftig zu Gange. Sie hatte einen riesigen Laib Brot selbst gebacken, den sie gerade mit einem großen Messer anschnitt.

„Setzen Sie sich, der Kaffee ist schon fast fertig. Sie kommen genau zur richtigen Zeit", begrüßte sie mich. Ich setzte mich an den Küchentisch und Frau Hansen positionierte sich mir gegenüber. Sie hatte offensichtlich tatsächlich mit dem Frühstücken gewartet, bis ich herunterkam. Herzhaft biss sie in eine Scheibe ihres frischen Brotes und befahl mir, ich solle die Butter auf meinem Stück ruhig etwas dicker schmieren, es müsse schließlich bei mir heute länger vorhalten, da ich noch einiges vorhätte. Ich lachte und folgte brav. Zu Hause aß ich nur Margarine und die auch nur dünn auf Knäckebrot, eine solche Cholesterin-Bombe hätte ich nie über die Lippen gebracht. Aber im Augenblick fand ich, es gäbe nichts Besseres auf der Welt, als ein dick gebuttertes Sauerteigbrot. Ich genoss es, von Frau Hansen verwöhnt zu werden. Sie schmierte mir zwei weitere Brote, belegte sie mit Käse und packte sie mir in Pergamentpapier ein.

„Für später, wenn die Arbeit Sie hungrig gemacht hat. Vorn bei der Haustür habe ich Ihnen schon eine große Flasche Limonade hingestellt und einen Plastikbecher. Sonst verstauben Sie mir noch dort in der alten Hütte!" Gottseidank war Frau Hansen heute Morgen wieder die alte! Ich hatte schon befürchtet, sie wäre mir aus einem unerfindlichen Grund böse, weil ich sie gestern Abend nach dieser geheimnisvollen Frau gefragt hatte. Glücklicherweise schien sie das ganze aus ihrem Gedächtnis bereits verbannt zu haben.

Ich bedankte mich für den Proviant und machte mich wieder auf den Weg zur Hütte, meine Fotoalben in der Tüte ebenfalls dabei. Mein Fahrrad war so glücklicherweise ausbalanciert: auf der einen Seite die Tasche mit den Broten und der Limonade, auf der anderen die beiden dicken Bücher. Während ich fuhr, stellte ich erfreut fest, dass meine Beine aufgehört hatten, zu schmerzen. Die regelmäßige Bewegung über die letzten paar Tage hinweg hatten den Muskelkater scheinbar vertrieben. Mir sollte es recht sein. Ich lächelte: bis ich zurückfuhr, würde ich eine richtige Sportskanone sein!

Am Häuschen angekommen, lud ich zunächst mein Gepäck ab und brachte es hinein. Da die Schränke nun schön sauber waren, legte ich meine Mitbringsel ordentlich dort hinein. Erneut besah ich mir mein gestriges Werk und war sehr zufrieden. Man konnte deutlich den Unterschied zwischen dem noch ungereinigten Sofa und den beiden Ohrensesseln sehen. Gar nicht so schlecht, der Bezug, wenn er erst mal richtig sauber war! Vielleicht sollte ich doch ganz auf neue Überzüge verzichten und stattdessen auch bei dem Sofa eine Reinigungsaktion versuchen? Ich würde heute Frau Meining fragen, ob einer ihrer Söhne kurz vorbeikommen konnte, um mir beim rausbeziehungsweise wieder reinschleppen des Sofas behilflich zu sein. Sicher würde sie nichts dagegen haben.

Ich ging hinaus in den Garten und versuchte, zu entscheiden, was ich als nächstes in Angriff nehmen sollte. Im Verschlag meines Großvaters waren einige Heckenscheren und andere Schneidewerkzeuge gewesen. So beschloss ich zunächst, die Sträucher und Büsche in geregeltere Formen zu bringen. Im Moment wucherten sie wild in alle Richtungen. Die alten Handschuhe taten gute Dienste, denn zum Teil waren die Büsche mit Dornen übersät. Die abgeschnittenen Zweige und Triebe häufte ich ordentlich in einer Ecke des Gartens auf. Das sollte mein Komposthaufen werden, legte ich fest.

Ein paar Stunden später sah alles schon wesentlich netter aus und man konnte sogar den kleinen Gartenweg entlang gehen, ohne sich dabei Arme und Beine zu zerkratzen. Ich inspizierte die Sträucher: sie schienen sich alle bester Gesundheit zu erfreuen, obwohl sie ziemlich lange ohne Pflege gewesen waren. Die Blätter waren kräftig und gesund und die Himbeer- und Johannisbeersträucher trugen sogar schon kleine grüne Früchte. Ich bedauerte, einige der behangenen Zweige abgeschnitten zu haben, aber ich sagte mir, dass diese Säuberungsaktion bitter nötig gewesen war, damit die Pflanzen auch in Zukunft so schön und kräftig blieben. Viel Ahnung hatte ich zwar nicht vom Gärtnern, aber manchmal hatte ich meiner Mutter in unserem kleinen Gärtchen am Haus geholfen und mir verschiedenes gemerkt.

Großvater hatte mich nie in seinem Reich helfen lassen. Da war er ganz allein der König! Wenn er alles fertig hergerichtet hatte, durften mein Bruder Stephan und ich sein Werk bewundern. Sogar eine kleine Windmühle mit bunten aufgemalten Fenstern hatte er extra für uns aufgestellt. Nein, aber beim Umgraben und Aussäen hatten wir niemals helfen dürfen. Wenn die Beeren und Früchte auf den Bäumen und Sträuchern gereift waren, durften wir zusammen mit ihm ernten, was auch jedes Mal ein großer Spaß war, da wir natürlich die Hälfte der geernteten Beute gleich an Ort und Stelle verspeisten. Meist war die Folge davon, dass wir vor lauter Bauchschmerzen das Abendessen ausfallen lassen mussten.

Bis Mutter dann die Marmelade und den Gelee fertig eingekocht hatte, waren wir aber immer wieder fit. Am faszinierendsten hatte ich immer die riesigen Töpfe vor sich hin blubbernder Marmelade gefunden. So hatte ich mir als Kind immer einen Vulkan vorgestellt: zähflüssige, Blasen werfende, siedend heiße Masse. Einmal hatte ich mir bei dem Versuch, die lecker duftende, heiße Marmelade zu probieren, fürchterlich den Mund verbrannt. Das war mir seitdem eine Warnung gewesen und Mutter brauchte mich nie mehr zu ermahnen, meine Finger vom Topf zu lassen.

Interessant, welche Erinnerungen man zutage brachte, wenn man nur ein wenig Zeit und Muße hatte! Alle möglichen Bruchstücke der Erinnerung fügten sich mit einem Mal wieder zusammen.

Mein Bruder Stephan hatte beispielsweise nie meine Liebe zu Tieren und Pflanzen geteilt, erinnerte ich mich jetzt. Am liebsten war er mit seinen Kameraden auf dem Fahrrad unterwegs gewesen. Die drei Buben hatten immer zusammengesteckt und sich gegenseitig die Fahrräder repariert oder aus der Patsche geholfen. Als sie älter geworden waren, hatten sich die freundschaftlichen Bande etwas gelockert, da zunächst ein Konkurrenzkampf in Sachen Freundinnen entbrannt war und dann später auch die beruflichen Wege die drei Freunde immer weiter auseinander trieb. Doch bis heute hatten sie den Kontakt nie ganz verloren. Noch immer wurde ab und zu telefoniert und jeder wusste vom anderen wenigstens, wo er steckte und was er beruflich machte. Die anderen beiden „Jungs" waren längst verheiratet und hatten Kinder, mein Bruder Stephan jedoch konnte oder wollte sich bis heute nicht festlegen. Weder beruflich noch familiär. Er hatte zwar sein Studium des Maschinenbaus mit Erfolg abgeschlossen, danach jedoch zunächst den dringenden Wunsch verspürt, irgendwelche, seiner Meinung nach verpassten, Gelegenheiten nachzuholen. Ein halbes Jahr lang war er um die Welt gereist, da er sich während seines Studiums durch diverse kleine Arbeiten nebenbei etwas angespart hatte. Auch hatte er immer bei unseren Eltern gewohnt und war eigentlich dadurch nie richtig selbständig geworden. Die Weltreise machte aus ihm dann einen gestandenen Mann. Als er zurückkam, war er wesentlich reifer geworden. Er hatte mir abendelang von seinen Erlebnissen erzählt, wie erschüttert er war, die Armut in den verschiedenen Erdteilen zu sehen und wie frustriert, dass er als einzelner so wenig daran ändern konnte. So hatte er es als seine Pflicht angesehen, sich für zwei Jahre in der Entwicklungshilfe zu engagieren, wo man ihn mit seinen Fähigkeiten freudig aufnahm. Ein Jahr war er in Afrika gewesen und ein Jahr in Indien. Ich glaubte, zu wissen, dass im diese Zeit trotz des anhaltenden Stresses und der Anstrengung eine gewisse innere Ruhe gegeben hatten. Er war heute ein selbstbewusster junger Ingenieur bei einer großen Firma, genoss es, ein gutes Gehalt zu verdienen, ein schickes Auto zu fahren und sich eine Traumwohnung in einem grünen Vorort Frankfurts leisten zu können. Mir fiel auf, dass ich mit ihm nie über unsere Großmutter gesprochen hatte. Ob es ihn interessieren würde, was ich hoffte, hier in den nächsten Tagen herauszubekommen? Wenn ich wieder zu Hause war, würde ich ihn gleich anrufen. Ich setzte mich auf die kleine Holzbank unter dem alten Apfelbaum und packte meinen Proviant von Frau Hansen aus. An der frischen Luft genoss ich mein Mittagessen gleich doppelt. Die Vögel zwitscherten in den Bäumen und ich entdeckte sogar ein Nest in einem „meiner" Bäume. Vielleicht sollte ich heute Nachmittag einen Schutz gegen Katzen kaufen, wenn ich in die Stadt fuhr? Ich musste sowieso dorthin, um den versprochenen Kuchen für Frau Meining und mich zu kaufen. Was brauchte ich noch? Ich überlegte angestrengt und mir fielen einige Kleinigkeiten ein, die ich für das Haus mitbringen wollte.

Eigentlich würde mein Wochenendhäuschen auch einen neuen Anstrich vertragen, aber ich traute mir das nicht so richtig zu. Sicher wäre es besser, einen Fachmann zu beauftragen. So teuer konnte das ja nicht sein, die Hütte war ja nicht besonders groß.

Nachdem ich meine Brote verspeist hatte, wollte ich in die Stadt fahren. Angesichts der diversen Dinge, die ich einzukaufen gedachte (den Kuchen eingeschlossen), war es wohl besser, das Auto zu nehmen, obwohl ich wesentlich lieber gemütlich geradelt wäre.

Ich schloss alles wieder ordentlich ab und radelte zur Pension, wo ich meinen Autoschlüssel und meine Handtasche holte. Auf dem Weg in die Stadt fielen mir noch etliche Dinge ein, die ich bei der Gelegenheit kaufen wollte: eine große Standleiter für den Garten, damit ich mir die Bäume etwas genauer ansehen konnte und außerdem war die Dachrinne hinten am Haus verstopft, vielleicht war das relativ leicht zu beheben, aber dafür musste ich es mir erst einmal genauer ansehen. Auch ein paar Hundekuchen wollte ich mitbringen, damit ich das nächste Mal meinen Besucher nicht wieder hungrig würde auf den Weg schicken müssen. Ich lächelte: ich war gespannt, wann sich mein vierbeiniger Freund wieder blicken lassen würde.

„Mein" Parkplatz vor dem Kaufhaus war frei und so parkte ich meinen Geländewagen fast genau vor der Eingangstür. Als ich eine halbe Stunde später wieder herauskam, war ich mit dem Problem konfrontiert, eine gut zwei Meter lange Leiter in meinem Auto zu verstauen. Ich stöhnte, warum fiel mir so etwas immer erst nachher ein. Naja, jetzt hatte ich das Ding gekauft, weil es im Vergleich günstiger gewesen war, als die kleinere Version und jetzt musste es auch mit nach Birkenfeld! Ich stellte zunächst die übrigen Kartons und Plastiktüten auf den Fußboden vor den Beifahrersitz, dann öffnete ich die Heckklappe und versuchte, die rückwärtige Sitzbank umzulegen. Ächzend kroch ich in den Kofferraum und brach mir bei dem Versuch, die Rückenlehne auszuhaken, auch noch zwei Fingernägel ab.

„Verdammter Mist!" fluchte ich und stieß mir zu allem Überfluss beim Aussteigen auch noch den Kopf an der Heckklappe. Augenblicklich stiegen mir von dem Schmerz Tränen in die Augen und ich musste mich auf die Stoßstange meines Autos setzen.

„Sie sehen aus, als ob Sie die Hilfe eines starken Mannes gebrauchen könnten" tönte es vom Bürgersteig her. Unnötig, sich umzudrehen. „Mr. T", der Veterinär schien mich zu verfolgen! Arbeitete dieser Mensch eigentlich auch irgendwann einmal? Oder schlich er sich immer nur in den Straßen herum und lauerte alleinstehenden jungen Frauen auf? Andererseits musste ich gestehen, dass ich ausnahmsweise wirklich dankbar war, weil mir jemand beim Beladen zur Hilfe kam. Ich lächelte Dr. Reinhardt mit tränenverschleierten Augen an. Wie peinlich, ich musste ein Bild für die Götter abgeben: den Zeigefinger mit meinem abgebrochenen Fingernagel im Mund und Tränen in den Augen von dem Schlag auf meinen Hinterkopf. Das Ebenbild einer verzweifelten Hausfrau, die mit den Tücken des Alltags nicht zurechtkommt. Ach, egal, sollte dieser Mensch doch von mir denken was er wollte, Hauptsache ich bekam meine Leiter endlich ins Auto!

Mit zwei geübten Handgriffen legte Dr. Reinhardt die Rückbank flach und hievte ganz allein die unförmige Leiter in meinen Wagen. Donnerwetter, dieser Kerl legte eine Geschicklichkeit an den Tag, die ich einem glatt geföhnten Schicki gar nicht zugetraut hätte! Artig bedankte ich mich für seine freundliche Hilfe und das Aas nutzte die Gunst der Stunde aus, um mir mitzuteilen, ich befände mich nun in seiner Schuld.

„Jetzt müssen Sie meine Einladung zum Abendessen aber annehmen, sonst lade ich die Leiter wieder aus. Ich bin doch schon so gespannt, zu erfahren, was Sie aus der Großstadt in unser verschlafenes Nest treibt." Ich setzte mein strahlendstes Lächeln auf, denn ich hatte das Gefühl, er wäre wirklich in der Lage, mich mit meiner Leiter auf der Straße zurückzulassen und nahm die Einladung an.

„Heute Abend habe ich noch nichts vor, würde Ihnen das passen?" Ich hoffte insgeheim, es sei ihm zu kurzfristig und er würde einen Rückzieher machen. Unglücklicherweise sagte er zu.

„Wenn Sie mir sagen, wo Sie hier wohnen, hole ich Sie gegen acht ab." Ich erklärte Ihm, dass seine Chauffeurdienste nicht nötig seien, da ich, entgegen dem momentanen äußerlichen Eindruck durchaus in der Lage sei, einen PKW zu steuern. Er zuckte mit den Schultern und murmelte irgendetwas über emanzipierte Frauen.

„Dann um acht bei unserem Italiener. Bis dann!" Er gab mir keine Chance für eine Widerrede und so nickte ich nur vor mich hin. ‚Unser Italiener', wie nett, jetzt hatten wir also schon unser eigenes kleines Stammlokal! Ich schwor mir, ihm heute Abend einiges zu dem Thema aus meiner Sicht zu erklären! Einfach die Situation auszunutzen, na warte!

Ich schwang mich auf den Fahrersitz und schaute in den Rückspiegel: da stand doch tatsächlich der dunkle Sportwagen mit Herrn Dr. Reinhardt hinterm Steuer auf der anderen Straßenseite! Dieser Schuft wartete jetzt bestimmt ab, ob ich meinen Wagen abmurkste oder vielleicht nicht aus der Parklücke brachte, weil hinten die Leiter aus der Heckklappe ragte. Dann wäre er sicher wieder lächelnd aus seinem Auto gestiegen und hätte mir ritterlich weitergeholfen. Glücklicherweise gelang es mir ausnahmsweise wirklich, mein Auto mit Bravour auszuparken und ich fuhr grußlos an ihm vorbei Richtung Birkenfeld.

Während der Fahrt ertappte ich mich dabei, wie ich „Mr. T." mit Christian verglich. Die beiden waren so verschieden! Sie lebten in ganz anderen Welten. Christian war immer der ruhige, in sich gekehrte Mann gewesen. Gerade das hatte ich an ihm so geschätzt, ich selbst war oft launisch, nervös und unstet, doch er hatte meinem Leben eine gewisse Ruhe und Ausgeglichenheit gegeben. Dr. Reinhardt war hingegen ganz anders: selbstsicher ging er auf andere Menschen zu, er war sich seiner Wirkung wohl auch durchaus bewusst. Bei Christian hatte ich immer ein Gefühl der Sicherheit gehabt. Auch unsere Freunde hatten mir nach unserer Trennung gesagt, sie hatten immer vermutet, dass wenn einer von uns aus der Beziehung ausbrechen würde, es ich sein würde, niemals Christian. So konnte man sich täuschen! Sollte ich mich mit meiner grenzenlosen Menschenkenntnis auch in Dr. Reinhardt getäuscht haben? Ich verwarf diesen Gedanken gleich wieder: nein, er war ein Schönling mit nichts oder nicht viel hinter seiner schicken Fassade. Dessen war ich mir sicher.

Ich fuhr mit dem Auto direkt bis zum Häuschen und begann fieberhaft, alles auszuladen. Da ich so vertieft arbeitete, bemerkte ich Frau Meining gar nicht, die sich an den Gartenzaun gelehnt hatte.

„Hallo, liebes Fräulein Ebert! Ich hatte schon gedacht, Sie hätten unsere Verabredung vergessen. Als ich vorhin hierherkam, waren Sie nicht hier, aber als ich auf der Hauptstraße wieder nach Hause lief, sah ich Ihr Auto hier einbiegen und bin wieder zurückgelaufen."

„Oh, das tut mir Leid, Frau Meining. Ich habe keine Uhr dabei, wissen Sie und da verliere ich total das Zeitgefühl. Natürlich habe ich unsere Verabredung nicht vergessen." sagte ich und im gleichen Augenblick fiel mir siedend heiß ein, dass ich aber sehr wohl vergessen hatte, Kuchen einzukaufen. Glücklicherweise hatte ich zwei Päckchen Kekse und zwei Dosen Eiskaffee eingekauft, die ich eigentlich als Notverpflegung im Häuschen hatte lassen wollen. Naja, dies war auch ein Notfall und berechtigte den Zugriff auf die eiserne Ration!

„Kommen Sie ruhig rein und setzen Sie sich auf einen der Sessel. Bitte nicht auf das Sofa, das habe ich noch nicht gesäubert!" Frau Meining folgte mir ins

Haus und setzte sich brav auf einen der Ohrensessel. „Wäre es wohl möglich, Frau Meining, einen Ihrer Söhne zu bitten, mir beim Raus- und Reintragen des Sofas behilflich zu sein? Es wäre schön, wenn ich es morgen früh gleich als erstes heraustragen und sauberschrubben könnte, dann hätte es den ganzen Tag Zeit zum Trocknen."

Frau Meining stimmte sofort zu und sagte mir, ihre Söhne hätten zwar viel zu tun, aber ihr Enkelsohn Bernhard, der noch studiere und im Augenblick Semesterferien habe, würde morgen am Vormittag vorbeikommen und mir das gute Stück an die frische Luft schleppen. Wann es mir recht sei, wollte sie wissen.

Ich überlegte kurz, „So um halb neun, wenn das für Ihren Enkel nicht zu früh ist. Studenten schlafen gerne lang", lachte ich, „das kenne ich von meinem Bruder. Während der Semesterferien war er nie vor dem Mittagessen aus dem Bett zu bewegen."

„Das wird ihm sicher nicht schaden, wenn er ausnahmsweise mal früher aufstehen muss, noch dazu, um einer so zauberhaften jungen Dame zu helfen." Frau Meining schaute mich mit einem breiten Lächeln an, dass mir ganz warm wurde. Sie hatte mich offensichtlich nun doch in ihr Herz geschlossen. Als sie mich so anschaute, glaubte ich kurz, etwas Vertrautes in ihrem Blick zu erkennen, aber gerade, als ich mich fragte, woher dieser Eindruck wohl herrühren könnte, war er schon wieder verschwunden.

„Ist Ihnen nicht gut, Fräulein Ebert? Sie sind sicher müde. Gott, ich schusselige alte Frau sehe, wie schwer Sie heute gearbeitet haben und dränge mich auch noch zum Kaffeetrinken auf. Entschuldigen Sie, wir können unser Plauderstündchen ja auch ein anderes Mal nachholen." Sie erhob sich von ihrem Sessel und wollte zur Tür gehen.

„Bitte bleiben Sie, Frau Meining, ich habe mich so auf Ihre Gesellschaft gefreut." sagte ich und bat sie, sich wieder hinzusetzen. „Ich wollte Sie doch noch bitten, mir bei meinem Fotoalbum zu helfen. Sie kennen sicher die Leute auf den Bildern und ich würde mich wirklich sehr freuen, wenn Sie etwas Licht ins Dunkel bringen könnten. Frau Hansen hat einige der Leute schon erkannt, aber sie sagt, dass sie einige nicht mehr identifizieren kann und vielleicht kennen Sie ein paar dieser Personen." Frau Meining schaute mich jetzt mit großen Augen an.

„Frau Hansen hat die Bilder schon gesehen, sagen Sie? Und was sagte sie?"

„Ach, meine Urgroßeltern hat sie erkannt und einige Verwandte und Bekannte aus dem Dorf, aber die Person, die mich wirklich interessiert, kennt sie nicht, sagt sie."

„Geben Sie mir doch schon mal das Album, dann kann ich schon ein wenig darin blättern, während Sie Ihre Einkäufe verstauen." bat mich Frau Meining. Ich stimmte ihr zu und kramte das erste Album aus dem Schrank. Das zweite Album ließ ich absichtlich dort liegen. Es reichte, wenn sie zunächst mal von der Existenz eines Albums wusste.

„Ach, ich wusste gar nicht, dass Sie auch einen Hund haben, Fräulein Ebert!"

„Habe ich auch nicht, warum?"

„Na, Sie werden doch sicher nicht die Hundekuchen für unser Kaffeekränzchen gekauft haben, oder?"

Jetzt musste ich lachen. „Nein, nein, Frau Meining, so unterentwickelt sind meine Fähigkeiten als Hausfrau nun wirklich nicht. Gestern hatte ich aber Besuch von einem sehr netten hellbraunen Hund und ich dachte mir, wenn er mich wieder besuchen kommt, muss er wenigstens nicht hungern. Kennen Sie den Hund vielleicht, wissen Sie, wohin er gehört?"

„Das war sicher Charlie, der gehört eigentlich zu niemanden oder besser, er gehört allen hier im Dorf. Er streunt herum und wird von allen gefüttert, weil er so ein netter Kerl ist. Ich weiß gar nicht, wo er gewöhnlich über Nacht bleibt."

„Ich glaube, das weiß ich," sagte ich zu Frau Meining, „Großvater hat nämlich eine Klappe dort hinten am Haus, sehen Sie, und es scheint, als ob Charlie diese Hütte als Schlafplatz benutzt hat."

Frau Meining lächelte, „Das sieht dem Streuner ähnlich! Sucht sich ein gemütliches Plätzchen aus mit einem Dach über den Schlappohren."

Ich gab Frau Meining das Fotoalbum und während ich die Sachen aus dem Kaufhaus wegräumte, beobachtete ich aus den Augenwinkeln, wie sie sich konzentriert über jedes einzelne Bild beugte. Mit unbeweglichem Gesicht sah sie sich die ersten paar Seiten an. Als sie zu den Hochzeitsbildern meiner Großeltern kam, schluckte sie und ich bemerkte, dass sie sich das große Foto, auf dem unter anderem Onkel Werner mit der geheimnisvollen Frau zu sehen war, ganz besonders lange ansah.

„Und, haben Sie ein paar alte Bekannte wiedergesehen?" fragte ich so beiläufig wie möglich.

„Äh - ja, also ihren Großvater und seine Frau, naja und seine Eltern und hier auf dem einen Bild sieht man im Hintergrund auch die Eltern der Frau Ihres Großvaters, schauen Sie!" Frau Meining deutete auf zwei unscharfe Gestalten, die sich offenbar während des Fotografierens bewegt hatten. Ich wollte sie noch nicht auf die Frau ansprechen, um sie nicht schon zu verärgern. Vielleicht kam sie sogar von selbst darauf zu sprechen. Ich goss die beiden Dosen Eiskaffee in zwei Gläser und öffnete die Packung mit den Schokoladenkeksen.

„Leider nicht so lecker, wie Ihr Kuchen gestern, aber ich bitte Sie, mir zu verzeihen, da ich hier ja keinen Herd zum Backen habe. Ehrlich gesagt, selbst wenn ich einen hätte, würde ich sicher keinen so phantastischen Kuchen zustande bringen", gestand ich. Frau Meining strahlte mich an.

„Bitte, Kindchen, nenn' mich Helene."

„Aber nur, wenn Du mich Susanne nennst!" insistierte ich. Wir lachten beide und stießen mit unserem Eiskaffee an.

Dann unterhielten wir uns wieder so blendend wie am Vortag, als unsere Sessel im Vorgarten gestanden hatten und irgendwann sagte Frau Meining, „Jetzt muss ich aber wirklich gehen, es ist schon halb sechs und ich muss noch für meine Lieben das Abendessen vorbereiten. Vielen Dank für den netten Nachmittag. Ich hege die heimliche Hoffnung, dass wir unser kleines Plauderstündchen zu einer festen Institution werden lassen könnten, zumindest, solange du hier bist. Was meinst du, Susanne?"

Ich freute mich sehr und stimmte sofort zu.

„Also morgen um die gleiche Zeit?"

„Gut, diesmal bin ich wieder dran mit der Verpflegung. Und Bernhard wird morgen früh gegen halb neun hier erscheinen zum Möbelschleppen." Helene gab mir das Album zurück und ich gab mir einen Ruck.

„Sag, wer ist diese Frau, die Großvaters Bruder auf dem Hochzeitsfoto im Arm hält?"

„Hat dir das Frau Hansen nicht erzählt?" Ich verneinte und sagte, sie hätte behauptet, sich nicht an die Frau zu erinnern.

Helene erwiderte nur, „Naja, dann weiß ich es auch nicht. Bis morgen, dann!"

Sie erhob sich und ging zur Haustür hinaus. Am Gartentor drehte sie sich noch einmal um und winkte mir zu bevor sie um die Ecke bog. Ich winkte zurück und hatte gleichzeitig ein ungewohntes Gefühl in der Magengrube. Warum berührten mich die Treffen mit Helene immer so eigenartig? Diese Frau hatte etwas an sich, das ich nicht erklären, nicht begreifen konnte. Komisch, über meine geheimnisvolle Frau hatte auch Helene mir nichts Präziseres sagen können. Aber warum hatte sie so seltsam reagiert? Warum hatte sie zuerst wissen wollen, was Frau Hansen dazu gesagt hatte? Wahrscheinlich hatte sie sich rückversichern wollen - aber wozu? Du lieber Himmel, langsam begann mein Kopf, zu brummen. Das waren ziemlich viele Fragen gleichzeitig. Mir war auch aufgefallen, dass sie ein recht abgekühltes Verhältnis zu meiner Großmutter gehabt haben musste. Sie nannte sie immer nur ‚die Frau deines Großvaters'. Es musste einen Grund für diese Reaktion geben. Vielleicht hing sogar alles zusammen: meine Großmutter, Helene und die Frau auf dem Foto. Ich kam mir vor wie Miss

Marple, die versucht, irgendein wirres Puzzle aus Einzelbausteinen zu einem schlüssigen Bild zusammenzufügen, aber irgendwie kam ich zu keinem Ergebnis. Egal, wie ich es auch wendete, es ergab keinen Sinn.

Charlie, der Hund, war heute nicht zu Besuch gekommen, stellte ich mit Bedauern fest. Ich ließ zwei Hundekuchen auf dem Fußboden liegen, falls er in der Nacht hier Unterschlupf suchen würde. Ich räumte noch ein wenig auf und fuhr zurück zur Pension um mich für meine Verabredung fertig zu machen.

Nachdem ich geduscht und meine Haare gewaschen hatte, durchforstete ich meine nicht gerade üppige Feriengarderobe nach etwas, was mir passend für mein abendliches „Date" erschien. Glücklicherweise hatte ich ganz zum Schluss zu Hause noch mein Sommerkleid in die Tasche gepackt. Dankbar holte ich es vom Kleiderbügel aus dem Bauernschrank in meinem Zimmer. Mein Blick fiel auf die Tüte mit den Briefen aus der Kommode. Die hatte ich total vergessen! Vielleicht würden die etwas von dem Wirrwarr klären können. Gleich morgen wollte ich sie mit zum Haus nehmen, um einige davon zu lesen.

Ich zog das Kleid über und besah mich in dem winzigen Spiegel meines Zimmers. Nicht gerade berauschend, aber OK, urteilte ich gnadenlos und sagte mir aber gleichzeitig, dass ich diesen Knilch ja schließlich nicht beeindrucken wollte. Er hatte mich zu diesem Abendessen ja regelrecht überrumpelt! Trotzdem wühlte ich in meinem Kulturbeutel und fand ganz unten tatsächlich einen etwas älteren, von den Tücken eines Lebens mit mir gezeichneten Kajalstift. Irgendwo musste auch noch der leichte, beige Lidschatten sein... - verdammt, er war in seinem Kästchen zerbröselt. Ich versuchte, mich behelfsmäßig wenigstens ein wenig zu schminken und besah dann mein Werk. Da ich eine schöne bronzene Gesichtsfarbe bekommen hatte, sah das kleine wenig Farbe gar nicht so übel aus, fand ich.

Ein Blick auf Frau Hansens antiquierte Wanduhr sagte mir, dass es bereits halb acht war. Ich konnte doch unmöglich so lange gebraucht haben, um mich fertig zu machen! Kopfschüttelnd beschloss ich, mich auf den Weg zu machen - halt, Schuhe! Die Turnschuhe und meine Gesundheitslatschen fielen flach, blieben nur noch die Segeltuch-Schnürschuhe. Ich zog sie über und lief die Treppe hinunter.

„Oh, Sie haben eine Verabredung, wie ich sehe!" Frau Hansens Adleraugen entging auch wirklich nichts....

„Ja, ich treffe mich mit einem Bekannten in der Stadt zum Abendessen, warten Sie bitte nicht auf mich, schönen Abend noch, Frau Hansen!" rief ich ihr zu, um ihr keine Chance zu geben, mich näher über meine Verabredung zu befragen.

„Ich wusste gar nicht, dass Sie hier auch Bekannte haben, Fräulein Ebert." Frau Hansen stand in der Haustür und beobachtete mich beim Einsteigen in mein Auto. 'Das wusste ich auch nicht', hätte ich am liebsten geantwortet, aber ich lächelte nur freundlich und knalle die Autotür zu.

Pünktlich um acht parkte ich meinen Wagen schräg gegenüber vom Italiener und stieg aus. Beruhigt stellte ich fest, dass der Sportwagen schon weiter vorne parkte. Recht so, sollte er ruhig ein wenig auf mich warten! Ich schlenderte über die Straße und versuchte, gleichgültig auszusehen - ach was, ich war gleichgültig! Er saß in der Ecke am selben Tisch, an dem ich vor zwei Tagen gesessen hatte. In seinem bleistiftgrauen Leinenanzug und dem schwarzen T-Shirt sah er wirklich umwerfend aus, nur leider war er sich seiner Wirkung auch durchaus bewusst. Er schenkte mir sein strahlendstes Lächeln und sprang sofort von seinem Stuhl auf.

„Wie schön, Sie wiederzusehen, fremde Frau! Ich weiß leider noch immer nicht Ihren Namen. Glauben Sie mir, das ist mir wirklich noch nie passiert: ich verabrede mich mit einer Frau, von der ich außer ihrem Autokennzeichen und der Marke ihres Mountainbikes nichts weiß", munter plapperte „Mr. T." drauflos.

„Ebert, Susanne Ebert. Guten Abend, Herr Doktor Reinhardt!" grüßte ich artig. Mein Gott, er musste ja denken, er hätte es mit einer Klosterschülerin zu tun, so schüchtern war ich plötzlich. Ich räusperte mich und fragte, ob er schon etwas zum Trinken bestellt habe. „Nein, ich wollte gerne auf meine Tischdame warten, bevor ich die Bestellung aufgebe." Er strahlte mich schon wieder so unverschämt an. Wie auf Kommando kam der freundliche Kellner mit zwei Speisekarten um die Ecke gestürmt und fragte nach unseren Getränkewünschen. Ich blieb bei dem Chianti, der mir vorzüglich geschmeckt hatte und „Mr. T." bestellte ein Mineralwasser. Auch noch so ein Gesundheitsfanatiker wie alle Mediziner - obwohl: so schrecklich alternativ sah er eigentlich nicht aus und sein Sportwagen auch nicht.

Ich fragte ihn danach und er antwortete grinsend „Mein Bewährungshelfer erlaubt keinen Alkohol, wissen Sie." Ich lächelte etwas gequält: das hatte ich nun von meiner blöden Fragerei, dabei hatte ich doch nur ein wenig nette Konversation machen wollen. Na, dann eben nicht!

„Erzählen Sie mir etwas über sich, Susanne. Ich bin übrigens Thomas, nennen Sie mich aber bitte Tom, ich hasse nämlich diesen biederen Vornamen!" Gespannt setzte er sich in Position, nachdem wir die Bestellung aufgegeben hatten, um meiner spannenden Lebensgeschichte zu lauschen. Ich erzählte ihm ein wenig über meinen Job, über Frankfurt und schließlich über meine Erbschaft, die ja der Grund für meinen Aufenthalt hier war. Fasziniert hörte er mir zu, ohne mich zu unterbrechen. Es hatte fast den Anschein, als hätte er nie vorher etwas Interessanteres gehört.

„Und was tun Sie so den ganzen Tag, Tom? Ich sehe Sie immer nur beim Herumfahren, aber damit verdienen Sie doch sicher nicht ihr Geld, oder?!" Ich drehte den Spieß um und setzte mich mit der gleichen „Nun-erzähl-mir-schon-ein-Märchen" Kindermiene hin und wartete auf seine Story. Leider wurde das Essen serviert und er kam zunächst um seine Ausführungen herum. Während wir aßen, plauderten wir nett über alles Mögliche und als er sein Besteck beiseitelegte, erinnerte ich ihn daran, dass er mir noch seine Lebensgeschichte schuldig geblieben war. Komischerweise beschränkte er sich nicht, wie ich, auf einige essentielle Punkte, sondern fing fast bei seiner Geburt an. Allerdings musste ich gestehen, dass er sehr spannend und witzig erzählen konnte, sodass mir keine Sekunde langweilig wurde, während ich der Geschichte eines völlig fremden Mannes lauschte.

„Wie wäre es mit einem Dessert? Das Tiramisu hier ist einfach köstlich!" Ich erwiderte, dass das definitiv zu viel für mich sei. Einen Kaffee bekäme ich gerade noch unter. „Ich hoffe, es stört Sie nicht, wenn ich mir einen Nachtisch bestelle. Wissen Sie, ich quäle mich eigentlich nur durch die Hauptspeisen, damit ich nachher ein Dessert essen kann. Ansonsten würde ich mich gleich nur von Süßigkeiten ernähren." Ich musste lachen. Charme hatte er wirklich, dieser Doktor Reinhardt.

Als die Nachspeise serviert wurde, bestand Tom darauf, dass ich einen Löffel voll probierte und fütterte mich hingebungsvoll.
„Wirklich lecker, aber ich platze gleich!" sagte ich zu ihm. Er zuckte mit den Schultern und verspeiste in Lichtgeschwindigkeit den Teller voll süßer Creme. Als er fertig war, schlug er einen Verdauungsspaziergang vor und ich stimmte ihm zu, dass der schöne Abend geradezu dazu einlud.
„Ich zeige Ihnen ein wenig unser Städtchen. Wir können sogar an meiner Praxis vorbeilaufen, wenn Sie wollen." Er bezahlte die Rechnung und ließ meinen Widerspruch nicht gelten.
„Ich habe Sie eingeladen, das hatte ich bereits heute Mittag vor dem Kaufhaus angemeldet!" Artig

bedankte ich mich und wir liefen eine Weile schweigend nebeneinander her.

„Hier biegen wir rechts rein", sagte Tom plötzlich. Eine adrette kleine Fußgängerzone zog sich einige hundert Meter zwischen renovierten Fachwerkhäuschen hindurch. Er erzählte mir ein wenig über die Geschichte der Kleinstadt bis wir zu einem hübschen alten Häuschen mit Blumenkästen und einer hypermodernen Eingangstür kamen.

„Hier ist meine Praxis und obendrüber wohne ich", erklärte mir Thomas. „Wollen wir noch bei mir einen Kaffee trinken, ich habe eine schöne Terrasse nach hinten, da können wir sogar richtig nett draußen sitzen." Ich stimmte zu und musste mir eingestehen, dass ich mich tatsächlich in „Mr. T." getäuscht hatte. Er war mir viel sympathischer, als ich vorher angenommen hatte. Als er die Haustür öffnete, war ich leicht überwältigt: er hatte das altmodische, kleine, windschiefe Fachwerkhäuschen ganz modern ausgebaut und alles sehr geschmackvoll eingerichtet, ganz offensichtlich ohne auf den Pfennig achten zu müssen. Er führte mich durch die Praxis und erklärte mir alles, was ich gerne wissen wollte. Danach gingen wir die Wendeltreppe hinauf in seine Privatgemächer.

Oben angekommen blieb ich auf dem Treppenabsatz stehen und sah mich um: das kleine Haus war offensichtlich vollkommen entkernt worden, um einen einzigen großen Raum zu schaffen, der nur durch einige Stützbalken unterbrochen war. Überall strahlten Halogenlampen in den phantasievollsten

Formen und Möbel, Teppich und auch eigentlich sonst alles waren Ton in Ton passend zu einander.

„Wow!" entfuhr es mir.

„Was ‚wow'?" wollte Tom grinsend wissen.

„Na das alles hier... - nicht schlecht, muss ich schon sagen. Also wirklich...", peinlicherweise fehlten mir in solchen Situationen immer die Worte und ich stammelte herum wie ein Schulmädchen. Thomas musste ja denken, ich hauste in einer Pappschachtel. Er schwang sich hinter den Tresen, der die Küchenzeile vom Rest des Raumes trennte und machte sich an einem durchgestylten Gerät zu schaffen, das ich nach einigem Überlegen als Espresso-Maschine identifizierte. Während er werkelte, sah ich mich noch ein bisschen um. Eigentlich war die Wohnung recht spärlich eingerichtet, fast wie in einem Möbelhaus, wo eine nette Obstschale und zwei Bücher in einem Regal stehen, um das Arrangement echt aussehen zu lassen. Aber selbst die Obstschale fehlte hier. Nur zwei Motorsport-Zeitschriften, die auf dem niedrigen Glastisch lagen, verrieten, dass hier überhaupt jemand wohnte. Ansonsten schmückten nur ein paar sehr eigenwillige Ölgemälde und Skulpturen die Wohnung. Er schien ein Asien-Fan zu sein, denn überall gab es Tempeltänzer, Buddhas und in Sanskrit geschriebene Tafeln.

„Gefällt's Ihnen?" wollte Thomas wissen als er mir den Espresso reichte.

„Ich hätte es sicher alles etwas anders eingerichtet, aber ja, doch, die Wohnung hat was", antwortete ich während ich noch immer meinen Blick umherschweifen ließ.

„Mit Trockenblumensträußchen und Kissen mit Spitzenborte auf dem Sofa, lassen Sie mich raten", witzelte Thomas.

„Sehr komisch! Sehe ich etwa so aus?" gab ich schroff zurück. Dachte er wirklich, dass ich so ein biederes häusliches Frauchen bin? Dann musste ich seinem Vorurteil ja mal ganz schnell auf die Sprünge helfen! „Davon abgesehen, dass ich eher auf Antiquitäten und Holz stehe, als auf Stahlrohr und Fliesenfußboden, bin ich nicht besonders altmodisch. Ich hätte das ganze hier halt ein bisschen farbiger gemacht, ist ein wenig trist, finden Sie nicht?"

Thomas grinste breit, „Deshalb gefällt es mir ja so gut. Die meisten Leute finden es furchtbar und das gefällt mir am allerbesten." Naja, wenigstens hatte er keine Komplexe.... Ich schaute in seine braunen Augen und in meiner Magengrube begann es plötzlich zu kribbeln. Eigentlich fand ich diesen Herrn Veterinär überheblich und eingebildet, sagte ich im Stillen vor mich hin, nur, damit ich es nicht vergaß.

„Wollen wir uns noch ein wenig nach draußen setzen zum Plaudern?" wollte Thomas nun wissen.

„Nein, danke. Ich glaube, ich fahre jetzt besser wieder zu meiner Pension in Birkenfeld zurück. Ich habe morgen noch einiges vor. Vielen Dank für die nette Einladung, es war ein sehr schöner Abend!" Ich betrachtete ihn genau. Eigentlich war dieser Mann so überhaupt nicht mein Typ. Normalerweise mochte ich große blonde Hünen, die ein bisschen rauer und natürlicher waren als dieser gestriegelte Herr Doktor.

„Ich hoffe, wir sehen uns nochmal wieder, bevor Sie abreisen!" Thomas hatte mich zur Haustür begleitet und bestand nun darauf, mich noch bis zu meinem Auto zu bringen, das ein paar hundert Meter weiter beim Italiener stand.

„Ach was, keine Umstände bitte! Ich werde ja wohl noch alleine wieder zu meinem Wagen finden", wies ich ihn zurecht, aber wohl nicht sehr überzeugend, denn er ignorierte mich einfach und schlenderte neben mir her. Beim Auto angekommen verabschiedete er sich brav mit einem Küsschen rechts und Küsschen links auf die Wange und ermahnte mich, vorsichtig zu fahren.

Während der Heimfahrt grübelte ich über den Abend nach und über Dr. Reinhardt. Ich musste lächeln: Großvater wäre sicher von Thomas begeistert gewesen. Er hatte sich immer einen ‚ordentlichen jungen Mann' für mich gewünscht und Christian hatte nicht unbedingt diesem Idealbild meines Opas entsprochen. Er war erstens zu ruhig und ohne eigene Initiative und zweitens, fand Großvater immer, hätte Christian mir ja überhaupt nichts zu bieten. Naja, irgendwie hatte er ja nicht unrecht gehabt, musste ich mir nun eingestehen. Christian hatte einen Job bei einer Versicherung und daher auch immer geregelte Arbeitszeiten und ein annehmbares Gehalt. „Normale" Großväter wären sicher begeistert gewesen von einem solchen Freund ihrer Enkelin. Nicht so mein Großvater: er fand das alles zu langweilig und außerdem seien alle Versicherungen Halsabschneider sagte er. Opa hatte sich größeres für mich vorgestellt: er hatte immer einen Rechtsanwalt oder Arzt für mich aussuchen wollen und so kam er dann putzigerweise oft mit seinen ‚Randbemerkungen' über irgendwelche unverheirateten Akademiker, die er irgendwo kennengelernt hatte. Doch, Thomas hätte ihm gefallen! Erstens Arzt, zweitens mit Tieren und drittens Sportwagen. Großvater hatte immer eine Vorliebe für schnelle Autos gehabt, obwohl er nie selbst eines besessen hatte. Wegen des praktischen Aspekts hatte er immer Kombis oder wenigstens sehr geräumige Limousinen gefahren.

Eigentlich, musste ich mir nun selbst eingestehen, fand ich Thomas Reinhardt ja auch sehr nett - und schlecht sah er auch nicht aus. Was mich nur störte war, dass er ein bisschen zu brav wirkte. Alles war so perfekt: die Föhnfrisur, immer glattrasiert, immer duftete er meilenweit im Umkreis nach After Shave, er trank keinen Alkohol, rauchte nicht und war ein richtiger Gentleman - er hatte noch nicht mal einen Annäherungsversuch gemacht! Christian war zwar in Bezug auf seinen Lebenswandel auch relativ brav gewesen (relativ!), aber er war vom Äußeren her mehr mein Typ: blonde Igelfrisur, die immer unordentlich war, in seiner Freizeit trug er gerne ausgeflippte und lässige Klamotten wie Lederjacke und Jeans mit Cowboystiefeln (keinen Designer-edel-Knitter), Christian rauchte und trank auch gerne mal ein Bier. Irgendwie war er mehr ein Mensch aus Fleisch und Blut gewesen, als Dr. Reinhardt. Ich konnte mir einfach nicht vorstellen, dass es wirklich solche Männer wie ihn gab. Irgendeine weniger glatte Eigenschaft musste er einfach haben - ich hatte sie wohl bloß noch nicht entdeckt....

Ich parkte den Wagen vor der Pension und schlich mich hinein. Es war inzwischen schon nach Mitternacht und Frau Hansen schlief tatsächlich so fest, dass sie mich nicht hörte. Wenigstens tat sie so. Rasch zog ich mich aus und legte mich ins Bett. Morgen musste ich früher raus als sonst, da ja mein freundlicher Helfer schon um halb neun auf der Matte stehen würde.

Freitag

Da ich ziemlich müde gewesen war, schlief ich wie ein Stein und hörte zunächst das Klopfen von Frau Hansen an meiner Tür gar nicht. Langsam wachte ich aus meinem Tran auf und sah auf die Armbanduhr auf dem Nachttisch. Schon acht Uhr durch! Ich bedankte mich bei Frau Hansen fürs Wecken. Glücklicherweise funktionierten die Buschtrommeln im Ort sensationell gut und natürlich wusste sie, dass der Enkel von Frau Meining um halb neun kommen würde. Frau Hansen hatte mir in der Küche schon alles für ein schnelles Frühstück vorbereitet: der Kaffee stand bereits dampfend auf dem Tisch, zwei Käsebrote waren schon fertig geschmiert, damit ich sie mitnehmen konnte. Ich schlang hastig ein Stück Brot herunter und machte mich mit meinem Rad auf den Weg.

Bei der Hütte angekommen, hatte Bernhard es sich bereits auf der Holzbank gemütlich gemacht. Er sprang auf, als er mich durch das Gartentor kommen sah und grüßte mich freundlich. Ein netter Kerl und er konnte weiß Gott nicht verleugnen, dass Helene Meining seine Großmutter war! Er hatte die gleichen blauen Augen und das energische Kinn. Aus irgendeinem Grund hatte ich das Gefühl, dass auch er mich an jemanden erinnerte. Sicher war es Christian, denn der Enkel von Frau Meining hatte auch blondes, kurzes Haar und war, ganz Student, in zerschlissenen Jeans und T-Shirt erschienen. Mir sollte es recht sein, egal, an wen er mich erinnerte: Hauptsache, er brach unter dem Gewicht des Sofas nicht zusammen!

Ich begrüßte ihn, bedankte mich für sein Kommen und schloss die Haustür auf. Mein erster Blick fiel auf die Küchenecke, wo ich am Abend zuvor die Hundekuchen hingelegt hatte. Tatsächlich, sie waren verschwunden! Ich musste grinsen, Charlie war also hier gewesen. Vielleicht würde er sich heute im Laufe des Tages nochmal blicken lassen, um zu sehen, ob es noch mehr zu Fressen für ihn gab. Ich erklärte Bernhard, wo ich das Sofa gerne hintragen wollte. Gemeinsam stemmten wir das massive Möbel durch die enge Tür hinaus in den Vorgarten. Keuchend bedankte ich mich bei Bernhard, der ankündigte, er werde heute am späten Nachmittag wieder vorbeikommen, um das Sofa auch wieder hineinzutragen. Er fragte artig, ob ich noch weitere Hilfe bei irgendetwas brauche, aber ich verneinte und wir verabschiedeten uns bis zum Abend.

Nachdem Bernhard gegangen war, glaubte ich bemerkt zu haben, dass er mich in seiner Art auch an meinen Bruder Stephan erinnerte. Auch er hatte während seiner Studienzeit ähnlich ausgesehen: immer so, als ob er gerade von einer durchzechten Nacht zurückkäme oder als ob er gerade aufgestanden sei und noch die Klamotten vom Vortag trüge. Ja, Stephan, dachte ich, wäre wohl auch ganz angetan von Thomas

Reinhardt. Stephan liebte auch den asiatischen Kontinent und seine Wohnung war ebenfalls mit vielen Kunstwerken versehen, die er von seinen vielen Reisen dorthin mitgebracht hatte. Sicher hätten die beiden viele Themen, über die sie sich würden unterhalten können.... Ich riss mich zusammen und begann mit meinem Tagespensum. Das Sofa schien noch verdreckter zu sein, als die Sessel und ich schrubbte fast eine geschlagene Stunde daran herum, bis es halbwegs annehmbar aussah, sodass man das schöne Muster im Stoff wieder erkennen konnte. Dann zog ich es noch ein wenig über den Rasen in die Sonne. Hoffentlich wurde es bis heute Abend wenigstens einigermaßen trocken, damit ich es mit Bernhard zusammen wieder ins Haus stellen konnte.

Ich ging ins Haus, um dort noch ein wenig aufzuräumen und den Boden zu wischen. Plötzlich hörte ich draußen auf der Straße ein dumpfes Motorengeräusch, beinahe wie ein Traktor. Ich schaute durch das vordere Fenster. Am Gartentor stand ein Mann mit einer großen Harley Davidson. Da er einen Motorradhelm trug, konnte ich nicht genau erkennen, wer es war. Es konnte aber eigentlich nur mein Bruder Stephan sein, er wusste nämlich, wo ich war und er war der einzige in meinem Bekanntenkreis, der schon immer von einer solchen großen Maschine geträumt hatte. Ich freute mich, dass er seinen Traum endlich verwirklicht hatte und noch schöner war, dass er mich hier besuchte, so konnte ich ihm mein kleines Häuschen zeigen und mit ihm über die Dinge sprechen, die ich hier über unseren Großvater herausgefunden hatte. Rasch wischte ich meine schmutzigen Hände an ein Putztuch und stürmte aus dem Haus.

Er setzte seinen Helm ab und ich blieb überrascht mitten im Vorgarten stehen: es war Thomas! <u>Das</u> hatte ich ihm nun überhaupt nicht zugetraut! Er grinste mich breit an und seine Augen strahlten.

„Na, was sagen Sie? Ich wollte ihnen doch mein liebstes Spielzeug nicht vorenthalten und außerdem war ich neugierig, Ihr kleines Erbstück anzuschauen. Vorausgesetzt, Sie laden mich zu einer Besichtigungstour ein." In seiner Lederjacke, den Jeans und Cowboystiefeln sah er einfach umwerfend aus. Und seine Haare waren zur Abwechslung mal nicht gestriegelt, sondern sahen leicht mitgenommen aus vom Motorradhelm.

„Klar, kommen Sie rein. Entschuldigung für mein Räuberzivil. Hätte ich gewusst, dass ich hohen Besuch bekomme, hätte ich auch hier ein wenig aufgeräumt."

„Dann wäre aber der Überraschungseffekt weg gewesen", lachte Thomas, „Sie hätten Ihr Gesicht sehen sollen! Wen hatten Sie denn erwartet, dem Sie so stürmisch entgegen laufen wollten - und sagen Sie jetzt nicht, Ihrem Bruder!"

Ich wurde wieder mal rot, wie peinlich. „Es war aber tatsächlich mein Bruder, den ich unter dem Helm vermutet habe", klärte ich Thomas auf, „ob Sie's nun glauben oder nicht."

Er folgte mir ins Haus und ich zeigte ihm mein kleines Refugium, natürlich nicht ohne darauf hinzuweisen, wieviel Arbeitseinsatz meinerseits es gebraucht hatte, alles einigermaßen so herzurichten. Thomas wollte wissen, wofür die seltsame Klappe an der Rückfront des Häuschens war und ich erklärte es ihm.

„Aus irgendeinem Grund muss mein Großvater diese Klappe als Eingang für Tiere angebracht haben. Ich vermute, während seiner Zeit hier, hatte er Katzen oder sonstige vierbeinige Freunde. Die Klappe wird übrigens noch immer genutzt, und zwar von einem wunderschönen, großen, hellbraunen Hund namens..."

„Charlie, lassen Sie mich raten", beendete er meinen Satz. „Der alte Streuner, ich kenne ihn auch - beziehungsweise: wer kennt ihn nicht? Ein Bauer aus dem Dorf hat mir erzählt, dass der ‚alte Berger' sich früher um den Hund gekümmert hat, wenn er hier war. Ich schließe mal haarscharf darauf, dass das Ihr berühmter Großvater war, richtig?"

Ich war sprachlos, „Sagen Sie bloß, ein Hund kann sich so lange an eine Person erinnern, auch wenn sie schon längst nicht mehr da ist?"

„Natürlich, wenn diese Person sich immer um ihn gekümmert und ihm Futter gegeben hat. Das Haus war ja immer noch hier und er war es sicher gewöhnt, dass Ihr Großvater nur manchmal hier war. Er wartet sicher noch heute darauf, dass der alte Herr Berger wieder zurückkommt, um ihn zu füttern. Er konnte immer durch diese Klappe ein- und ausgehen und fühlte sich hier zu Hause.

Irgendwie war ich wirklich mächtig beeindruckt. Jetzt konnte ich es kaum erwarten, dass Charlie wiederkam. Er gehörte ja dann auch gewissermaßen zur Familie, obwohl wir ihn nie kennengelernt hatten. Seltsame Vorstellung.

Ich ging mit Thomas in den Garten, um ihm meine eigenhändig gemähte Wiese zu zeigen. Er zeigte sich sehr interessiert an allem.

„Da Sie so viel Zeit und Mühe in das Häuschen reinstecken, gehe ich davon aus, dass Sie jetzt öfter hierherkommen werden, stimmt's?" Neugierde war definitiv eines seiner Laster, wenn er schon sonst so wenige hatte.

„Ja, ich denke, dass ich hier in Zukunft viele meiner Wochenenden verbringen werde. Als Kontrastprogramm zu Frankfurt ist Birkenfeld nämlich gut geeignet."

Er schien sichtlich erfreut. „Heißt das etwa, dass ich vielleicht auch in Zukunft ab und zu so bezaubernde Gesellschaft zum Abendessen haben könnte?"

Na, also bitte, nicht so hastig! „Das wird man sehen", antwortete ich knapp. Offensichtlich hatte er verstanden, was ich damit sagen wollte, denn er wechselte rasch das Thema.

„Diese alten Obstbäume müsste aber auch mal jemand zurückschneiden. Das ist aber für eine junge Dame wie Sie viel zu gefährlich. Ich werde meinen Assistenten bitten, bei Gelegenheit mal vorbeizukommen und sich die Bäume anzusehen. Er ist nämlich nicht nur in der Tierwelt ein Experte, auch die Botanik hat's ihm angetan. - Susanne, schauen Sie doch, dort hinten!"

Durch das Gebüsch am Ende des Grundstückes kam etwas Hellbraunes. Charlie! Aber was war los mit ihm? Schwerfällig humpelnd kam er über den Rasen gelaufen. Er schien größere Schmerzen zu haben und freute sich daher nicht so überschwänglich wie bei unserem ersten Zusammentreffen. Armer Kerl, ihm ging es nicht gut und deshalb kam er gleich hierher in der Hoffnung, mein Großvater würde sich um ihn kümmern. Der Hund verstand das zwar nicht, aber er hatte natürlich ganz großes Glück, dass hier überhaupt jemand war - und noch dazu ein Veterinär! Thomas sprach beruhigend auf den Hund ein und begann, seine Vorderpfote zu untersuchen. Charlie hatte offensichtlich in eine Glasscherbe getreten und wollte Thomas nicht so gerne die Wunde untersuchen lassen. Er knurrte.

„Wir müssen ihn irgendwie zu meiner Praxis transportieren", sagte Thomas aufgeregt, „die Scherbe scheint noch im Fuß zu stecken, aber er lässt mich nicht nachsehen, wir werden ihn bei mir etwas ruhigstellen müssen. Haben Sie ein Tuch oder was ähnliches zum Drumwickeln?" Ich bejahte und stürmte in die Hütte. Eines der neuen Geschirrtücher, die ich gekauft hatte, musste dran glauben. Sofort lief ich wieder in den Garten, wo Thomas mit dem Hund am Boden kauerte. Glücklicherweise hatte Charlie ein ruhiges Gemüt. Er hatte sich jetzt hingesetzt und hielt Tom die Pfote hin. Solange er nicht anfing, die Scherbe zu berühren und zu bewegen, schien es Charlie nicht besonders weh zu tun.

„Wie wollen wir ihn transportieren?" fragte ich, „ich bin per Rad hier und Sie mit Ihrem Feuerstuhl. Aber wenn Sie einen Moment warten, radle ich los und hole meinen Geländewagen. Ihre Maschine können Sie ja hier in den Vorgarten rollen. Ich schließe dann alles ab." Thomas stimmte mir zu und ich lief gleich los zu meinem Rad.

Frau Hansen kam aus der Küche gestürzt. „Was ist denn los, Fräulein Ebert? Wo brennt's denn? Sie haben's aber eilig", rief sie mir die Treppe hinauf nach.

„Wir haben einen verletzten Hund, den ich mit dem Auto zur Tierarztpraxis fahren muss. Verdammt, wo ist denn mein Autoschlüssel?" fluchte ich vor mich hin. Endlich hatte ich ihn gefunden und sprang wieder die Treppe hinunter, zwei Stufen auf einmal nehmend. Frau Hansen rief mir noch irgendetwas nach, aber ich hatte den Motor schon gestartet und winkte ihr nur kurz zu bevor ich losfuhr.

Vor dem Häuschen wendete ich den Wagen schon gleich in Fahrtrichtung und lief Thomas entgegen, der mit dem Hund auf den Armen den Gartenweg hochgelaufen kam. Ich öffnete ihm rasch die Heckklappe, damit er Charlie hineinlegen konnte.

„Darf ich Ihnen meinen Motorradhelm geben, damit Sie ihn im Haus verstauen? Die Maschine steht hoffentlich gut dort."

„Erstklassig, ja, geben Sie mir den Helm, ich schließe nur rasch alles ab."

Als ich zurückkam, hatte sich Thomas schon auf den Rücksitz gesetzt und sprach mit Charlie im hinteren Teil des Wagens. Er kraulte und beruhigte ihn während der ganzen Fahrt. Glücklicherweise konnte ich mich noch ziemlich genau an den Weg zur Praxis erinnern. Thomas war zu beschäftigt mit dem Hund, um mir den Weg zu erklären. Ohne mich verfahren zu haben, stoppte ich schließlich das Auto vor der Praxis. Ich sprang heraus und öffnete wieder die Heckklappe. Charlie schien schon etwas benommen, er hatte stark geblutet, das Geschirrtuch war bereits ganz durchweicht. Sicher hatte er auch vorher schon viel Blut verloren. Thomas war auch ausgestiegen und drückte mir seinen Schlüsselbund in die Hand.

„Der mit der kleinen Kerbe am Rand ist für die Eingangstür", rief er mir zu während er den Hund vorsichtig aus dem Wagen lud. Ich schloss die Tür auf und lief den beiden voraus, um auch die Tür zur Praxis zu öffnen.

Behutsam legte Thomas Charlie auf den Behandlungstisch während er ständig auf ihn einredete. Er zog seine Lederjacke aus und seinen sauberen Kittel an. Ich ging rasch nach draußen, um Auto und Haustür zu schließen. Als ich wieder in die Praxis kam, war Thomas bereits dabei, eine Spritze aufzuziehen.

„Ein leichtes Betäubungsmittel, sonst lässt er mich nicht an die Wunde, ich hab's nochmal probiert," rechtfertigte er sich schulterzuckend. Nachdem Charlie weggeschlummert war, besah sich Thomas mit routinierten Handgriffen die Wunde.

„Kann ich irgendwie helfen?" fragte ich ihn.

„Nein, nein, schon OK. Oder, doch: sehen Sie dort oben im Glasschrank die große Flasche mit Alkohol? Holen Sie die her und bringen Sie mir ein paar von den Tupfern dort drüben." Er deutete mit einer Kopfbewegung zum Regal. Ich gehorchte brav und reichte ihm die gewünschten Sachen. Langsam zog er die spitze Scherbe aus Charlies Pfote und begann sofort, alles zu desinfizieren. Einen Moment lang musste ich zum Fenster gehen und herausschauen, mir wurde beim Anblick von Blut immer schlecht. Wie gut, dass ich keine Tierärztin geworden war!

Als ich mich wieder umdrehte, war Thomas schon dabei, die Pfote fachmännisch zu verbinden. Nach wenigen Minuten war er fertig und Charlie sah aus, als hätte er einen Gipsfuß.

„Ich lege ihn am besten drüben ins Zimmer auf den weichen Teppich bis er wieder aufwacht. Wir müssen ihn jetzt ein paar Tage bei uns behalten und auf ihn aufpassen, damit er sich den Verband nicht abbeißt." Thomas zog den Kittel aus und warf ihn über den Stuhl. „Sie sind ja ganz blass. Na, kommen Sie, Susanne. Wir gehen erst mal einen Cognak trinken." Er legte väterlich seinen Arm um meine Schulter und geleitete mich hinauf in seine Wohnung, wo ich auf einen Sessel sank. Ja, Cognak war wirklich gar keine schlechte Idee!

Thomas goss ein Glas ein und holte für sich selbst ein Mineralwasser aus dem Kühlschrank. Meine Güte, wirklich überhaupt kein Alkohol, ich konnte es nicht fassen. Langsam ließ ich den Cognak meine Kehle hinunterrinnen. Das warme Gefühl breitete sich langsam in meinem Magen aus und ich wurde wieder weniger wackelig auf den Beinen.

„Gottseidank, Sie bekommen wieder Farbe ins Gesicht. Ich dachte schon, ich müsste Sie gleich dort unten neben Charlie legen." Thomas fand das alles offensichtlich höchst amüsant.

„Vielen Dank für Ihre Hilfe, Thomas. Was bin ich Ihnen schuldig?" fragte ich ihn.

„Sie stoßen jetzt mit mir auf Bruder- beziehungsweise Schwesterschaft an und wir sind quitt, Susanne."

„Na gut, wenn ich so günstig davonkomme... - dann mal los!" sagte ich grinsend. Was hatte ich eigentlich gegen den Mann? Er war unwahrscheinlich nett, zuvorkommend, amüsant, gutaussehend und er war gar nicht so gestriegelt, wie ich vermutet hatte.

Und wenn ich ganz ehrlich war, musste ich mir eingestehen, dass er mir auch gar nicht mehr so unsympathisch war wie bei unseren ersten Treffen. Das Wasserglas und der Cognakschwenker klirrten und wir hakten kichernd unsere Arme ineinander zum Trinken. „Und jetzt kommt mein Lieblingsteil der Prozedur!" sagte Thomas. Herrje, das hatte ich doch glatt vergessen, sonst hätte ich nie zugestimmt. Er küsste mich mitten auf den Mund - allerdings mehr wie ein Bruder seine Schwester, ganz ohne weitere Absichten. Ich musste zugeben, dass ich nun doch ein wenig enttäuscht war. Er hätte es ja wenigstens einen Versuch starten können, dann hätte ich ihn entrüstet zurückgewiesen. Aber nein, ganz Gentleman hatte er wieder mal die Situation voll im Griff und sich selbst auch. Oder er war überhaupt nicht interessiert. Ich seufzte und blickte in mein leeres Cognakglas.

„So, jetzt wo Sie wieder fit sind, würde ich Sie gerne bitten, mich wieder zu meinem Motorrad zu bringen, damit ich zurück bin, wenn Charlie aufwacht." Thomas war aufgestanden und schon auf dem Weg zum Ausgang. „Sicher haben Sie auch noch einiges vor heute." Im Hausflur nahm er seine Lederjacke und wir liefen schweigend zu meinem Auto. Auch während der Fahrt sprachen wir nicht viel.

„Charlie wird am besten ein paar Tage bei mir bleiben. Ich schätze nämlich, dass Ihre Frau Hansen nicht so schrecklich begeistert von der Idee sein wird, einen verletzten Streuner in ihrem Haus zu beherbergen." Ich stimmte ihm zu und war dankbar für sein Angebot. Daran hatte ich gar nicht gedacht, denn in der Hütte konnte Charlie ja auch nicht alleine bleiben.

„Ich verspreche auch, auf Krankenbesuch vorbeizukommen", sagte ich jetzt.

„Na, das ist doch ein Wort. Blumen und Süßigkeiten sind den Patienten aber strengstens verboten, aber die Ärzteschaft wäre zumindest bei Süßigkeiten nicht abgeneigt", witzelte er.

Vor dem Häuschen sah ich jemanden auf der Holzbank sitzen. Es war Frau Meining. Ein Blick auf die Uhr sagte mir, dass es tatsächlich schon Kaffee-Zeit war. Helene hatte wieder ihren großen Weidenkorb dabei und ich war gespannt, welche Köstlichkeiten sie diesmal mitgebracht hatte.

„Ach, der Herr Doktor!" rief sie uns zu, als wir ausstiegen. „Schön, Sie auch mal wieder zu sehen. Glücklicherweise haben wir Ihre Dienste in letzter Zeit ja nicht so oft gebraucht. Unser Vieh war wenig krank diesen Sommer."

„Tag, Frau Meining", grüßte Thomas, „wie geht's Ihren Söhnen? Und was macht Bernhards Studium?"

„Prima, denke ich. Wissen Sie, er erzählt mir ja nicht viel, er erzählt ja noch nicht mal seinen Eltern von der Uni. Naja, die jungen Leute sind eben nicht alle so reizend wie Susanne", erwiderte Frau Meining. „Bleiben Sie noch zum Kaffee, ich habe sowieso genug Kuchen für eine halbe Fußballmannschaft dabei", bat sie Thomas. Er lehnte jedoch ab und sagte, er müsse wieder zurück sein, wenn Charlie aufwache.

„Ach, ist ihm was passiert?" erkundigte sich Frau Meining.

„Das erkläre ich dir gleich beim Kaffee, ist eine längere Geschichte", sagte ich zu ihr, weil ich bemerkte, dass Thomas schon unruhig wurde.

„Nehmen Sie aber wenigstens ein Stückchen Kuchen mit, Herr Doktor!"

„Vielen Dank, sehr liebenswürdig, Frau Meining, aber ich könnte es doch gar nicht transportieren auf dem Motorrad." Ich hatte Thomas' Helm aus dem Haus geholt und reichte ihn zu ihm herüber.

„Tschüss bis irgendwann demnächst", sagte er zu mir und schaute mir direkt in die Augen. Frau Meining ging leise ins Haus und begann, den Kuchen und die anderen Mitbringsel auszupacken, sodass ich nun allein mit Thomas im Vorgarten stand.

„Vielen, vielen Dank nochmal für deine Hilfe. Charlie wird doch wieder OK sein, oder?" fragte ich ihn.

„Klar, mach dir keine Sorgen um ihn", sagte Thomas, während er auf sein Motorrad stieg. „Du solltest dir lieber Sorgen um mich machen", murmelte er leise unter seinem Helm.   „Was sagst Du?" ich hatte geglaubt, ich hätte falsch verstanden.

„Wann kommst du uns besuchen?" wollte Thomas nun wissen, ohne auf meine Frage einzugehen.

„Wie wär's mit morgen am Vormittag?" fragte ich.

„Wie wär's mit heute Abend zum Abendessen? Ich kann nicht viele Sachen kochen, aber was ich kann, kann ich eigentlich ganz gut", Thomas klang plötzlich ganz schüchtern.   „OK, wenn du sonst nichts besseres vorhast, als Charlie und mich zu bekochen", lachte ich, „dann bis heute Abend, sagen wir acht Uhr?!"

„OK, bis dann!" er strahlte unter seinem Helm, wendete das Motorrad und brauste davon.

Als ich ins Haus kam, hatte Helene schon den kleinen Wohnzimmertisch gedeckt mit der blauweiß karierten Decke, zwei Tellern und in der Mitte thronte ihr selbstgebackener Streuselkuchen.

„Schon ein schicker junger Mann, der Herr Doktor", sagte sie zu mir mit süffisantem Grinsen und einem verschmitzten Blick in ihren stahlblauen Augen.

„Schön, dass du mich an deinem Geschmack in Sachen Männer teilhaben lässt", lästerte ich, „aber du hast Recht, er ist wirklich ein netter Mensch."

„Nett, hm?" sagte Helene und hob die Augenbrauen, „du wolltest mir erzählen, was mit Charlie passiert ist." Also erzählte ich Helene die Story haarklein. Als ich fertig war grinste sie mich schon wieder so hintergründig an.

„Kind, du solltest dich mal sehen, wenn du von Herrn Doktor Reinhardt sprichst. Aber ich hüte mich, was zu sagen, du würdest ja doch nur alles abstreiten, hab' ich recht?" Irgendwie konnte sie durch mich hindurchsehen. Was sollte ich dazu sagen. Ich holte Luft und wollte mich gerade rechtfertigen, als es an der Tür klopfte. Bernhard stand draußen und wollte mir beim Hereintragen des Sofas helfen. Er war sichtlich erstaunt, auch seine Großmutter bei mir anzutreffen, die ihm gleich auch ein Stück Kuchen anbot. Dankend nahm er an und folgte mir mampfend nach draußen. Wir stemmten das Sofa, nachdem er sein Kuchenstück in Windeseile aufgegessen hatte und schleppten es wieder ins Haus. Helene hatte schon Platz gemacht und mit einem dumpfen Schlag ließen wir das gute Stück auf die Dielen fallen. Das Sofa war noch ein wenig feucht auf dem Polster, aber ich musste mich selbst loben, so gut sahen jetzt die drei Sitzmöbel zusammen aus. Helene bewunderte alles auch ausgiebig und sagte dann, sie müsse jetzt gehen und da Bernhard gerade da sei, könne sie ihn zum Transport ihres Korbes missbrauchen. Ich verabschiedete beide und bedankte mich nochmals ausgiebig.

Nachdem die beiden hinter der Kurve verschwunden waren, beendete ich noch meine Aufräumarbeiten im Haus und machte mich auf den Heimweg.

„Oh, so früh heute! Es ist ja noch nicht mal ganz sechs Uhr!" Frau Hansen empfing mich schon an der Haustür, kaum, dass sie mein Auto hatte vorfahren sehen.

„Ja, ich hatte keine Lust mehr für heute", antwortete ich ihr. „Übrigens, Frau Hansen, könnte ich meine Reservierung bei Ihnen noch bis Dienstag oder Mittwoch nächster Woche verlängern? Ich habe nämlich noch zu viel vor, als dass ich schon am Sonntag abreisen könnte."

„Natürlich, Fräulein Ebert, was für eine Frage!" entrüstete sich Frau Hansen. Ich atmete auf, ein Problem weniger.

„Machen Sie sich keine Umstände heute Abend, ich werde essen gehen, Frau Hansen." Ein Grinsen und die Bemerkung, „Na, dann wünsche ich einen schönen Abend." ließen mich vermuten, dass wieder mal die Buschtrommeln schneller waren als ich es für möglich gehalten hatte. Glücklicherweise verkniff sich Frau Hansen weitere Anspielungen und verschwand wieder in ihrer Küche.

Im Zimmer angekommen, fielen mir plötzlich die Briefe wieder ein, die ich in Großvaters Kommode gefunden hatte. Da ich genug Zeit bis zu meiner Verabredung hatte, beschloss ich, mich zuerst zu duschen und dann ein Stündchen Zeit zu nehmen, um ein bisschen darin zu schmökern.

Mit einem Handtuch um die nassen Haare kam ich aus dem Bad, zog meinen Jogginganzug an und setzte mich auf mein Bett, die Tüte mit den Briefen auf den Knien. Ich öffnete den ersten Umschlag und entnahm einen Brief, der in sehr schnörkeliger, eindeutig weiblicher Handschrift geschrieben war. Nachdem ich die ersten Zeilen gelesen hatte, wusste ich bereits, dass es sich um einen Liebesbrief an meinen Großvater handelte, datiert lange nachdem er bereits geheiratet hatte. Ich wollte nicht mehr weiterlesen, da ich mir vorkam wie ein Eindringling in die ganz privaten Sphären im Leben von Opa Karl. Unterschrieben war der Brief nur mit einem schwungvollen „L."
Ich lehnte mich zurück. „L." wer mochte das wohl sein? Meine Großmutter hieß Maria, er hatte also offensichtlich eine Verehrerin oder sogar eine Affäre neben meiner Großmutter gehabt. „L.", das konnte „Luise" heißen, „Laura", „Luzie" oder vielleicht „Linda". Ich öffnete einen weiteren Brief in der Hoffnung, einen Hinweis auf den Namen zu finden. In diesem und auch in den nächsten Umschlägen, in die ich hineinsah, gab es nur das geheimnisvolle „L." und nichts, was mich auf die Spur gebracht hätte.

Mein sentimentaler alter Großvater hatte also all die Jahre die Liebesbriefe seiner Freundin aufgehoben. Er musste sie sehr geliebt haben, vermutete ich, sonst hätte er die Briefe sicher nicht so gut versteckt in seinem Sommerhäuschen über Jahrzehnte gehortet. Langsam begann ich, meinen Großvater in einem ganz anderen Licht zu sehen. Er war also nicht immer der treusorgende Familienvater gewesen, für den ich ihn gehalten hatte. Sicher, er hatte für seine Familie gesorgt, aber seine Liebe hatte scheinbar jemand ganz anderem gegolten. Mir wurde warm, als sich ein schrecklicher Verdacht in meinem Hinterkopf breitmachte: was, wenn Großmutter irgendwann von seiner Affäre erfahren hatte und sich in einem depressiven Anfall selbst umgebracht hatte, indem sie sich vom Heuboden stürzte? Nein, es war ein Unfall gewesen, das hatte Großvater immer wieder beteuert. Ich schüttelte den Kopf, um diese schrecklichen Gedanken abzuschütteln, aber ein dumpfes Gefühl in der Magengrube blieb dennoch, als ich aufstand, um mich zum Ausgehen fertig zu machen.

Ich zog mein sauberes Paar Jeans an und eine simple weiße Bluse. Sicher würde Charlie heute Nachholbedarf an Streicheleinheiten haben und da waren die Jeans gerade richtig. Eigentlich sollte ich Thomas etwas mitbringen. Wenn man eingeladen wurde, brachte man dem Gastgeber immer ein kleines Geschenk mit. Aber was? Die Geschäfte hatten längst geschlossen und ich hatte überhaupt nichts hier. Ich beschloss, wenigstens die alten Fotoalben mitzunehmen, vielleicht fand er es interessant, etwas über meine Familie zu erfahren. Außerdem konnte ich, wenn ich sowieso noch einmal bei meinem Häuschen vorbeifuhr, auch die Hundekekse für Charlie mitnehmen.

Frisch gestylt verabschiedete ich mich von Frau Hansen und sie versicherte mir, dass ich ‚ganz wunderbar' aussähe, dann fuhr ich mit meinem Auto zum Haus. Ich schloss die Tür auf und ging zum Küchenschrank, wo ich die beiden Alben und die Hundekuchen holte. Als ich die Tür schon wieder schließen wollte, fiel mein Blick auf eine kleine silberne Blechkiste hinten im Schrank. Ich musste sie in meinem Putzeifer zusammen mit dem Geschirr aus dem Schrank geholt und nach der Generalreinigung wieder hineingestellt haben, ohne sie zu beachten. Da ich schon recht spät dran war, packte ich die Dose und nahm sie mit. Ich warf alles auf den Beifahrersitz und fuhr los. Entweder heute vor dem Schlafengehen oder morgen früh würde ich die Dose genauer inspizieren.

Zehn Minuten später fuhr ich auf den Parkplatz vor Thomas' Haus. Er musste wohl schon hinter dem Fenster gewartet haben, denn kaum hatte ich die Autotür abgeschlossen, stand er auch schon in der Haustür um mich zu begrüßen. Neben ihm stand schwänzelnd Charlie.

„Na, wie ich sehe, geht's ihm ja schon wieder blendend," rief ich Thomas zu. „Blendend wäre übertrieben, er ist jetzt ganz wach und humpelt mehr schlecht als recht durch die Gegend. Aber er wird schon wieder, da bin ich ganz sicher. Komm rein, Susanne. Schön, dass du gekommen bist!" Ganz Gentleman ging er hinter mir die Wendeltreppe hinauf. Unten jammerte Charlie vor sich hin, weil er nicht mit konnte. Thomas ging nochmals hinunter zu ihm.

„Setz dich schon mal hin, ich kümmere mich nur um unseren eifersüchtigen Patienten hier unten", rief er mir zu und verschwand wieder am Treppenabsatz. Ich reichte ihm noch meine mitgebrachten Hundekuchen, damit er Charlie trösten konnte.

Ein paar Minuten später erschien Thomas grinsend und kopfschüttelnd wieder in dem Bodenausschnitt, durch den die Wendeltreppe nach unten führte.

„Man soll's nicht glauben. Hunde sind noch viel bestechlicher als Menschen! Für einen Hundekuchen tut Charlie scheinbar fast alles. Er sitzt jetzt brav unten auf seiner Decke und kämpft mit dem Schlaf. Ich schätze, wenn er die drei Hundeplätzchen fertig gegessen hat, wird er wieder einschlafen. Das Betäubungsmittel hängt ihm wahrscheinlich noch im Kreislauf. Naja, schadet ja nichts. Auf diese Weise schont er auch seinen armen Fuß." Thomas hatte sich schon wieder in seine Küche begeben, wo in zwei Töpfen irgendetwas lecker duftendes vor sich hin blubberte.

„Leider bin ich ein undankbarer Gast: ich habe dir nichts mitgebracht. Naja, nicht ganz, zwei alte Fotoalben meines Großvaters habe ich dabei. Ich dachte, du möchtest sie vielleicht nach dem Essen mit mir anschauen. Allerdings muss ich dich warnen: es gibt dort viele Leute, die ich gar nicht kenne, aber es ist trotzdem ganz interessant."

„Ich brenne darauf, deine Verwandtschaft kennenzulernen. Außerdem liebe ich alte Bilder: die sind oft so schön kitschig!" freute sich Thomas, „willst du gar nicht wissen, was Meisterkoch Reinhardt für dich gekocht hat? Den ganzen Tag habe ich für dieses Festmahl geklavt und dich interessiert es nicht mal."

„Du hast mir ja noch keine Chance gelassen. Also: was hast du gekocht?" Stolz wie ein kleiner Junge hob er die Deckel der beiden Töpfe hoch.

„Garantiert nicht aus dem Päckchen!" erklärte er mir.

„Ich bin mächtig stolz auf dich." Er sollte ja nicht denken, als Frau wisse ich seine Kochbemühungen nicht zu schätzen. Ich sah ihm zu, wie er die Nudeln absiebte und auf zwei Tellern anrichtete. Die Sauce goss er mit künstlerischem Blick darüber.

„Das Auge isst mit, weißt du", rechtfertigte er seine Aktion. Er forderte mich auf, mich an den Tisch zu setzen, den er bereits mit Gläsern und Silberbesteck gedeckt hatte. Sogar ein kleines Blumensträußchen hatte er in der Mitte des Tisches arrangiert. Wie rührend.

„Du magst Chianti, stimmt's?! Hab' ich mir gemerkt und extra eine Flasche besorgt." Jetzt versuchte er wirklich, Eindruck zu schinden. Nicht ganz ohne Erfolg, wie ich mir selbst eingestehen musste. Gerührt nahm ich Platz und sah ihm beim Öffnen der Weinflasche zu. Er goss mir ein Glas davon ein und holte sich - was sonst - ein Mineralwasser. Während des Essens sprachen wir über den Nachmittag und er erklärte mir, was jetzt mit Charlies Pfote zu tun sei.

„Wirklich lecker, ich wünschte, ich könnte so gut kochen", lobte ich ihn. Ich bemerkte, wie er strahlte.

„Danke, äh, magst du noch ein Glas Wein? Wir können uns ja dort rüber aufs Sofa setzen und dann deine Bilder anschauen." Ich stand auf und holte meine zwei Alben. Wir setzten uns dicht nebeneinander auf sein exklusives Ledersofa und ich hatte den Eindruck, Thomas sei gespannt wie ein kleines Kind.

Dann schlug ich das erste Album auf und begann, ihm die Bilder zu erklären, die ich erklären konnte. Die meisten der Fotos waren mir inzwischen schon vertraut, die abgebildeten Personen jedoch nach wie vor fremd. Wir schauten uns die Bilder der Frau an, die scheinbar keiner identifizieren konnte.

„Sieht dir irgendwie ähnlich, findest du nicht?" fragte mich Thomas.

„Ja, natürlich. Und Onkel Werner sieht dir ähnlich, hab' ich recht?" antwortete ich obwohl ich mir nun doch besagte Fotos noch einmal genauer ansah.

„Wirklich, ich meine das ernst. Schau mal, sie hat auch helle Augen und so ein ähnliches Kinn wie du. Und dunkle lange Haare hat sie auch." Er versuchte, mich zu überzeugen.

„Und Millionen anderer Menschen auf der Welt ebenfalls", beendete ich seinen Satz. Lächerlich, wieso sollte ich der Freundin des verstorbenen Bruders meines Großvaters ähnlich sehen?

„Aber irgendwie kommt mir diese Frau bekannt vor. Wenn sie dir nicht ähnlich sieht, wem dann?" fragte er mit ernsthafter Miene. Er vertiefte sich noch einmal in die Bilder. „Warte, ich habe noch mehr Fotos von der Frau!" Ich beeilte mich, im das zweite Album für ihn aufzuschlagen. Immerhin lebte er ja schon eine Weile in der Gegend und es konnte durchaus sein, dass er die Frau wirklich kannte!

Wieder schaute er lange auf die Bilder. „Ich weiß es wirklich nicht, aber ich habe das Gefühl, ich kenne diese Person, nur kann ich sie nicht einordnen. Sicher habe ich gedacht, dass sie mich an dich erinnert, weil das eine einfache Erklärung gewesen wäre. Schließlich erinnert mich im Moment fast alles an dich, Susanne." Er blickte mir jetzt tief in die Augen. Verwirrt sah ich von den Fotos auf und ihm direkt ins Gesicht. Wir saßen so dicht nebeneinander, dass ich seinen stockenden Atem hören konnte. Er war plötzlich gar nicht mehr so selbstsicher, wie er sich sonst so gerne präsentierte. Langsam ließ er das Fotoalbum aus den Händen sinken und legte seinen Arm um meine Schultern. Ich überließ mich einfach meinen Gefühlen, die diese Chance sofort nutzten und mich gemeinerweise auf eine Achterbahnfahrt mitnahmen.

Thomas küsste mich zärtlich und sah mir tief in die Augen. Wenn er dachte, ich würde jetzt irgendeinen geistreichen Satz von mir geben, musste ich ihn leider enttäuschen... - mein Hirn war wie leergefegt und ich konnte nur mit glasigen Augen seinen Blick erwidern.

„Komm mit, ich möchte dir meinen Lieblingsplatz zeigen", flüsterte er mit rauer Stimme. Er stand auf und zog mich mit sich hoch. Hand in Hand gingen wir auf seinen Balkon und er erklärte mir den Sternenhimmel über der Stadt. „Ich gehe oft hierher und schaue über die Dächer und versinke in der Tiefe des Himmels. Ist das nicht absolut faszinierend, was sich dort oben alles verbirgt?" Auf einmal wurde er ganz ernst und hielt mich fest umarmt. Er stand hinter mir und ich konnte seinen Atem im Genick spüren. Ich seufzte tief. Irgendetwas in ihm schien aufgetaut zu sein, denn er begann jetzt, mir von seiner früheren Beziehung zu erzählen. Er hatte jahrelang mit einer Frau zusammengelebt, die er auch hatte heiraten wollen. Als er sie dann endlich fragte, ob sie seine Frau werden wolle, hatte sie abgelehnt. Sie habe es ihm sowieso schon lange sagen wollen, sie habe einen anderen Mann kennengelernt, mit dem sie auch zusammen leben wolle. Schon zwei Tage später war sie sang- und klanglos aus der gemeinsamen Wohnung ausgezogen. Eine sehr lange Zeit hatte er sehr gelitten und sich selbst bedauert. Langsam erst hatte er sich mit der Tatsache abgefunden und sein Leben neu geordnet. Die Frau war Halb-Asiatin gewesen, daher also auch sein Asien-Tick. Thomas erzählte mir an diesem Abend vieles über sich selbst und vermutlich hatte er schon sehr lange nicht mehr so mit irgendjemandem gesprochen.

Ich begann nun ebenfalls, ihm von Christian und mir zu erzählen und von dem, was mich im Augenblick noch viel mehr beschäftigte: ich wollte herausbekommen, was sich in Großvaters Vergangenheit abgespielt hatte, wer diese Frau war und was sie mit unserer Familie zu tun hatte. Thomas bot an, mir bei meinen Nachforschungen zu helfen. Er hatte wohl auch bemerkt, wie sehr ich davon eingenommen war. Ich erzählte ihm auch die Geschichte meiner Großeltern, so wie ich sie kannte. Die Briefe, die ich gefunden hatte, erwähnte ich jedoch nicht.

Wir standen noch lange auf der Dachterrasse und redeten. Irgendwie schien alles plötzlich ganz leicht. Noch nie hatte ich mich mit einem Mann so offen über mich unterhalten. Ich war immer der Meinung gewesen, gewisse Dinge könnte man Männern nicht erzählen. Bei Thomas, den ich erst vor wenigen Tagen zum ersten Mal getroffen hatte, war das anders. Er gab mir ein unerklärliches Gefühl der Sicherheit und der Vertrautheit. Mir kam es vor, als ob wir uns schon sehr lange kannten.

Nun wollte ich von Thomas wissen, ob er meinen Großvater noch gekannt hatte, aber er sagte mir, er sei erst vor fünf Jahren hierhergekommen und zu diesem Zeitpunkt war Opa Karl schon nicht mehr nach Birkenfeld gefahren.

Thomas fragte mich, ob ich überhaupt schon das Grab meiner Großmutter besucht hatte und ich musste gestehen, dass mir das noch gar nicht in den Sinn gekommen war. Gleich morgen früh wollte ich das nachholen.

Als ich langsam schläfrig wurde und fröstelte, verabschiedeten wir uns und Thomas drängte mich nicht, bei ihm zu bleiben, was ich ihm sehr hoch anrechnete. Jeder andere hätte versucht, den schönen Abend im Bett enden zu lassen, aber Thomas ließ mir Zeit. Die Zeit, die ich brauchte, um genug Abstand von Christian zu bekommen. Er geisterte mir nämlich noch immer im Kopf herum, ob ich es wollte, oder nicht. Thomas schien das nur zu gut zu verstehen. Er hatte selbst sehr lange gebraucht, um von seiner Freundin loszukommen und auch er lebte zuweilen wohl noch in Erinnerungen. Wir stiegen die Wendeltreppe hinunter und ich ging noch kurz zu Charlie, um ihm gute Nacht zu sagen.

Dann fuhr ich zur Pension zurück und schlich leise auf mein Zimmer. Die Blechdose vom Beifahrersitz hatte ich mitgenommen und stellte sie auf den Nachttisch. Die Müdigkeit war stärker als meine Neugierde. Es war schon fast wieder Morgen, als ich mich hundemüde ins Bett warf.

Samstag

Am nächsten Morgen ließ mich Frau Hansen glücklicherweise ausschlafen. Sie hatte wohl auch genug anderes zu tun, denn heute am Samstag waren weitere Gäste angereist. Als ich herunterkam, hatte Frau Hansen nämlich im ‚offiziellen' Frühstücksraum eingedeckt und begrüßte mich freudig.

„Heute sind zu viele andere Leute hier, als dass wir uns wieder gemütlich in die Küche zum Frühstücken zurückziehen könnten. Zwei Ehepaare und eine junge Familie mit zwei Kindern sind noch angekommen. Sie bleiben bis Montag."

„Kann ich Ihnen irgendwie behilflich sein, Frau Hansen? Ich könnte beim Tisch abräumen helfen oder so", fragte ich sie, denn natürlich wäre ich gerne noch einmal näher mit ihr ins Gespräch gekommen.

„Nein, nein, lassen sie mal, Fräulein Ebert, setzen Sie sich rüber zum Frühstücken, es ist schon alles gedeckt für Sie." Frau Hansen führte mich zu einem hübschen Tisch am Fenster, wo ich die Straße überblicken konnte. Ich erzählte ihr, dass ich heute Vormittag das Grab meiner Großmutter besuchen wolle und fragte sie, wo auf dem Friedhof ich suchen müsse.

Sie schaute mich wieder mit diesem seltsamen Blick an und sagte nur, „Ich werde gleich Helene anrufen, die kann doch eigentlich mit Ihnen dorthin gehen und Ihnen zeigen, wo das Grab ist. Sie geht sowieso am Samstag immer zum Friedhof, die Familiengräber pflegen." Das war eigentlich keine schlechte Idee von ihr und so stimmte ich zu. Bei einem solchen Anlass war es auch leichter für mich, bei Frau Meining noch einmal zum Thema zu kommen.

Rasch frühstückte ich und ging noch einmal in mein Zimmer, um mich fertig zu machen. Die Tüte mit den Briefen versteckte ich sicherheitshalber wieder hinten im Kleiderschrank.

Als ich wieder herunterkam, hatte Frau Hansen schon bei Helene Meining angerufen und teilte mir mit, sie sei in fünf Minuten hier. Da ich ihr ansah, wie sehr es sie interessierte, mit wem ich gestern Abend ausgegangen war, sagte ich beiläufig zu Frau Hansen, „Herr Dr. Reinhardt hat ein schönes Häuschen in der Stadt, finden Sie nicht?" Nun konnte ich beobachten, wie es kurz in ihrem Kopf anfing, zu rattern, aber schnell hatte sie begriffen, was ich ihr damit hatte sagen wollen.

„Ja, und er ist ein sehr netter Kerl. Ein Glück, dass er immer noch solo ist." Sie zwinkerte mir zu als ich zur Haustür hinausging, um draußen auf Helene zu warten. Einige Minuten später sah ich sie bereits die Straße heraufkommen.

„Guten Morgen, Helene", rief ich ihr zu und sie winkte von weitem. Als sie auf meiner Höhe der Straße war, blieb sie gar nicht erst stehen, sondern bedeutete mir, zu ihr herüberzukommen und mich ihr anzuschließen. Eine Weile lang gingen wir schweigend nebeneinander her. Dann erzählte sie ein wenig von ihren Söhnen und von deren Problemen bei der Bewirtschaftung des Hofes. In letzter Zeit wurde es immer schwieriger, ausschließlich von der Landwirtschaft zu leben und so hatten sie sich ernsthafte Gedanken darüber gemacht, einen Nebenjob anzunehmen oder eventuell den Hof sogar ganz aufzugeben. Helene schien darüber sehr unglücklich. Ihr ganzes Leben hatte sie auf dem Hof verbracht und nie etwas anderes gekannt. Urlaub und Reisen waren für sie Fremdwörter und für mich war es ebenso ungewohnt, mir vorzustellen, wie es wohl ohne diese angenehme Abwechslung sein könnte, die zu verkaufen schließlich mein Beruf war. Als wir an dem großen Schmiedeeisernen Tor angekommen waren, ging Helene zielstrebig hindurch und den gekieselten Weg bergan. Fast ganz am oberen Ende, dort wo die Gräber immer älter wurden, bog sie rechts ein und blieb vor dem dritten Grab stehen.

„Hier ist es. Marie Berger wurde im Familiengrab ihrer Eltern beerdigt", kommentierte sie knapp. Es war eine schlichte, dunkelgraue Marmorplatte, in die verschiedene Namen und Daten mit stilvoller Schrift hineingemeißelt worden waren. Hier war also meine Großmutter begraben. Lange stand ich nur da und starrte auf die Grabplatte. Ich hatte nicht gedacht, dass mich dieser Augenblick so bewegen würde. Diese Frau hatte ich nie gekannt und auch meine Mutter hatte sie nicht mehr wirklich in Erinnerung. Trotzdem war es ein ganz seltsames Gefühl, hier zu stehen. Auf Helenes Gesicht glaubte ich, ebenfalls einen sehr bestürzten Blick zu erkennen. Sicher holten sie in einem solchen Augenblick an einem Grab die Erinnerungen ein. Erinnerungen an ihren Ehemann, der erst vor einigen Jahren an Krebs gestorben war, Erinnerungen an einen ihrer Söhne, der im Kindesalter an einer Lungenentzündung starb. Sie hatte kein leichtes Leben gehabt, dachte ich nun. Doch die Liebe zu ihrer Familie und sicher auch ein gewisser Teil ihres anerzogenen Pflichtbewusstseins, hatten sie immer aufrecht stehen lassen und sie hatte alle Schicksalsschläge eingesteckt. Helene sah mich nun genau an.

„Arme Marie, so eine herzensgute und duldsame Frau" war alles, was sie zu mir sagte, dann drehte sie sich herum und ging zu einem Grab ihrer Familie, um die Blumen zu richten und zu gießen. Nach einer Weile folgte ich ihr langsam und wartete am Hauptweg auf sie. Schweigend gingen wir wieder den Kiesweg hinab und durch das Eisentor zurück Richtung Dorfmitte. Hatte Helene meine Großmutter doch besser gekannt, als sie zugab? Warum hatte sie mir gegenüber eine solche Bemerkung gemacht?

„Hättest du heute Nachmittag ein wenig Zeit, damit wir uns wieder zusammensetzen können, oder triffst du dich mit Herrn Doktor Reinhardt?" wollte Helene nun von mir wissen. Natürlich - die Buschtrommeln - ich hätte ahnen sollen, dass sie längst Wind davon bekommen hatte, musste mir aber eingestehen, dass ich mir noch keine Gedanken gemacht hatte, ob und wann ich Thomas wieder treffen wollte.

„Wie wär's mit vier Uhr? Komm einfach wieder zum Häuschen, ich versuche, diesmal etwas Annehmbares zu besorgen", lud ich sie ein. Sie stimmte zu und wir trennten uns an der Straßenabzweigung zur

Pension. Ich holte die Blechdose oben in meinem Zimmer und die Fotoalben. Heute Mittag wollte ich mich in Ruhe auf mein frisch geputztes Sofa setzen und noch einmal alles genau anschauen. Vielleicht hatte ich etwas übersehen, was mir weiterhelfen konnte, die ganze Geschichte herauszubekommen.

Frau Hansen verkniff sich ihre Frage nach dem Inhalt der Tüten, die ich die Treppe hinabschleppte. Ich meldete mich brav bei ihr ab und sagte, dass ich heute ebenfalls nicht bei ihr zu Abend essen würde. Da sie relativ viel Arbeit mit den anderen Gästen hatte, schien es ihr nicht unrecht zu sein.

Zuerst fuhr ich mit dem Auto in die Stadt, um heute am Samstagvormittag rasch ein paar Sachen einzukaufen. Vor allem musste ich etwas Leckeres für heute Nachmittag kaufen. Ich lud alle Tüten in den Kofferraum und fuhr direkt zum Häuschen. Dort machte ich es mir gemütlich nachdem ich alle Fenster geöffnet hatte, damit die warme Sommerluft die immer noch leicht feuchten Sachen trocknen konnte. Zunächst klappte ich gespannt den Deckel der Blechdose auf. Dort waren noch mehr Fotos von der Frau und ein geschlossener Umschlag, offensichtlich ein Brief, der nie geöffnet worden war. Aufgeregt sah ich mir die Bilder eines nach dem anderen an. Auf den meisten war die Frau wieder alleine abgebildet. Eines jedoch, das schon sehr abgegriffen war, zeigte meinen Großvater Arm in Arm mit dieser Frau, der Freundin seines Bruders! Es sah aus, als sei es mit einem Selbstauslöser gemacht worden und war leicht verschwommen. Dennoch waren die beiden sehr gut zu erkennen und der Blick, den sie sich zuwarfen, sprach

Bände. Langsam begriff ich: die Freundin meines Großvaters war die Freundin seines Bruders gewesen. Ich nahm an, dass sie ihre Liebe zueinander entdeckt hatten, nachdem Onkel Werner im Krieg gefallen war und seine Freundin ganz alleine dastand. Sicher hatten sie sich vorgenommen, zu heiraten, sobald er aus dem Krieg zurückkam. Großvater hatte sie wahrscheinlich zunächst nur trösten wollen und dann war mehr daraus geworden. So musste es gewesen sein!

Ich ließ die Bilder sinken. Der Brief! Ich kramte ihn unter dem Stapel Fotos hervor und öffnete ihn. Er war nicht adressiert gewesen und auch aus der Anrede war zunächst nicht zu erkennen, wer diesen Brief an wen geschrieben hatte. Ich las:

Meine Liebste,
Du sollst wissen, dass ich noch nie so stark für jemanden gefühlt habe, wie für Dich!
Lange habe ich über uns nachgedacht, aber das, was zwischen uns geschieht, darf nicht sein! Ich habe Verantwortung, auch wenn nicht alles so geworden ist, wie ich es mir gewünscht hätte. Schon immer hatte ich meinen Bruder um Dich beneidet, aber Du hattest Dich damals entschieden - gegen mich. Diese Entscheidung können wir heute nicht mehr rückgängig machen. Bitte versteh mich, wenn ich Dir heute sagen muss, dass wir uns nie wieder sehen dürfen!
Ich liebe Dich,   *K.*

Mit Tränen in den Augen saß ich auf dem Sofa. Das war ja fast so schön wie in einem dieser Liebesromane, die meine Mutter jede Woche am Kiosk kaufte - nur war es diesmal das wirkliche Leben und es war mein Großvater, der die Hauptrolle spielte. Mir wurde schwindelig: ich musste herausbekommen, wer diese Frau war. Aber wie sollte ich das anfangen? Frau Hansen und Frau Meining waren nicht bereit, mir zu helfen, das hatten sie mich schon unmissverständlich wissen lassen. Sollte ich mit einem Foto auf der Straße herumlaufen und die Leute ansprechen? Nein, das war vollkommen undenkbar. Irgendetwas musste mir einfallen. Thomas hatte doch seine Hilfe angeboten! Vielleicht konnte er etwas tun oder er hatte eine Idee. Dafür würde ich ihm aber die ganze Geschichte erzählen müssen. Ich überlegte kurz, ob ich ihm wirklich vertrauen konnte, aber ich musste es einfach wagen und dieses Risiko eingehen. Es war mir einfach zu wichtig, nun die Wahrheit herauszubekommen.

Tief versunken in meine Fotoalben und die Briefe, hörte ich gar nicht, wie Helene draußen nach mir rief. Erst, als sie an die Tür der Hütte klopfte, fuhr ich zusammen. Rasch klappte ich alles zu und räumte die Sachen notdürftig beiseite, ehe ich ihr öffnete.

„Ich muss wohl eingenickt sein", entschuldigte ich mich, „komm rein!" Helene trat durch die Haustür und bewunderte zunächst ausgiebig meine Reinigungs- und Aufräumarbeiten.
„Man erkennt die alte Hütte gar nicht mehr wieder, so wohnlich ist es jetzt."
„Ja, ich würde hier auch gerne wohnen, wenigstens ab und zu über die Wochenenden, aber ich habe noch immer nicht herausfinden können, wo Großvater eigentlich übernachtet hat. Er kann doch unmöglich auf diesem unbequemen Sofa geschlafen

haben. Groß genug ist die Hütte ja eigentlich, deshalb kann ich gar nicht verstehen, wieso hier kein Bett steht"

„Vielleicht hat er bei Freunden im Dorf geschlafen", vermutete Helene.

„Hatte Großvater denn noch enge Freunde hier?" wollte ich von ihr wissen, ich hatte diese Möglichkeit noch gar nicht in Betracht gezogen. Vielleicht konnte mir Helene sagen, bei wem er immer gewohnt hatte und ich konnte dorthin gehen, um sie wegen der Frau auf dem Bild zu befragen.

„Sicher... - das heißt: ich denke schon", murmelte Helene verlegen.

„Wen denn zum Beispiel?" Ich ließ nicht locker.

„Naja, Frau Hansen kannte ihn mehr oder weniger gut, meine Familie auch und auch zum Beispiel die Familie Bergauer. Die haben einen großen Hof direkt an der Hauptstraße, hast du sicher schon mal gesehen, auf der rechten Seite, wenn man rausfährt." Also hatte Helene Meining meinen Großvater doch besser gekannt, als sie zunächst zugegeben hatte. Ich versuchte, noch mehr herauszubekommen über ihr Verhältnis zu meiner Familie, aber Helene wechselte das Thema.

Wir unterhielten uns den ganzen Nachmittag mehr oder weniger nur über ihre Familie. Sie erzählte mir von ihrer Hochzeit mit ihrem inzwischen verstorbenen Mann. Die beiden hatten für damalige Verhältnisse relativ spät geheiratet. Helene war schon achtundzwanzig Jahre alt gewesen. Ob sie vorher eine andere Beziehung gehabt hatte, wollte ich von ihr mehr im Spaß wissen. Für mich schien es selbst für ihre Generation seltsam, dass eine Frau ihres Alters keinen anderen Freund vorher gehabt hatte. Helene erzählte mir von einem Freund, den sie hatte heiraten wollen und der dann im Krieg gefallen war. Sie hatte wohl lange um ihn getrauert, sich aber dann gesagt, das Leben müsse weitergehen und hatte dann einen langjährigen guten Freund geheiratet. Helene und ihr Mann hatten sich fast vom Sandkasten an gut gekannt und waren immer eng befreundet gewesen. Er schien ihr dann als zuverlässiger, bodenständiger Partner, der in der Lage war, eine Familie zu ernähren und ich hörte heraus, dass es für sie wohl mehr eine Vernunftentscheidung war, als Liebe.

Nachdem Helene mir ihre Geschichte erzählt hatte, wurde sie unruhig. Sie stand auf und machte sich fertig zum nach Hause gehen. Wahrscheinlich hatte sie Angst, ich könnte sie noch mehr über ihre Vergangenheit fragen. Ich musste mir eingestehen, dass ich gerne noch etwas mehr gehört hätte, weil mich solche Geschichten von früher schon immer faszinierten, aber ich wollte nicht weiter bohren. Vielleicht würde sie irgendwann von sich aus mehr erzählen.

Helene ging zur Tür und bedankte sich überschwänglich für den Kuchen, den ich in der Stadt gekauft hatte. Kaffee hatte sie selbst in einer Thermoskanne mitgebracht gehabt, da sie wusste, dass ich keine Möglichkeit hatte, welchen zu kochen.

Ich drehte mich um und ging langsam zurück ins Haus. Mein Kopf rauchte. Eine gewisse Unruhe ergriff mich und ich konnte nicht genau sagen, warum. Helenes Geschichte erinnerte mich an Onkel

Werner und seine Freundin. Sicher gab es aber viele solcher Schicksale aus den Kriegstagen. Viele Freunde, Verlobte und Ehemänner waren nicht mehr zurückgekommen und so waren Helenes und Onkel Werners Fälle sicher nicht die einzigen. Bevor ich zu sehr ins Grübeln verfiel, hörte ich glücklicherweise draußen das dunkle Dröhnen eines schweren Motorrades und lief wieder in den Vorgarten. Thomas strahlte mich an während er seinen Helm absetzte und verlegen versuchte, sein Haar einigermaßen in Ordnung zu bringen.

„Hallo, hast du mich schon vermisst?" wollte er wissen und grinste dabei wie ein kleiner Junge.

„Eigentlich hatte ich noch gar nicht so richtig Zeit, darüber nachzudenken. Aber jetzt wo du's sagst....".

Er knuffte mich in die Rippen und spielte den Beleidigten. „Dann kann ich ja wieder fahren."

„Nein, nun bleib schon da, ich freu' mich ja, dass du gekommen bist. Was ist mit unserem Patienten?"

„Oh, dem geht's blendend. Mein Assistent schaut heute Nachmittag nach ihm. Ich hatte übrigens heute Morgen einen Notfall beim Bauern Bergauer, deshalb konnte ich nicht früher zu dir kommen. Aber du hast mich ja sowieso nicht vermisst...."

„Beim Bauern Bergauer? Was war denn los?" Hatte Helene nicht diesen Namen erwähnt als eine der Familien, mit denen mein Großvater engeren Kontakt gehabt hatte?

„Ach, eine seiner Kühe hat gekalbt. Erstens ein paar Wochen zu früh und zweitens lag das Kalb irgendwie falsch. War eine größere Aktion. Ich werde sicher morgen nochmal dort vorbeischauen und nach dem Nachwuchs sehen. Magst du mitkommen. Junge Kälber sind niedlich und normalerweise finden Frauen aus der Stadt so kleine Tiere immer furchtbar 'süß'."

Jetzt war ich an der Reihe, ihn zu knuffen. Durch die Lederjacke war das allerdings etwas schwieriger.

Ich lachte, „Einverstanden. Vielleicht finde ich das alles nur furchtbar interessant. Wärest du dann enttäuscht?" Thomas stieg von seinem Motorrad und wir gingen kichernd wie kleine Kinder nach hinten in den Garten. Dort schubste er mich in den Heuhaufen, den ich vor ein paar Tagen im Schweiße meines Angesichts zusammengerecht hatte. Wir balgten uns und warfen mit Heuklumpen nach dem anderen. Irgendwann waren wir außer Atem und fielen keuchend nebeneinander auf die Wiese. Thomas hatte seine Lederjacke längst von sich geworfen und auch sein Helm lag irgendwo im Gras. Er umarmte mich zärtlich und küsste mich lange. Ich genoss seine Zärtlichkeiten. Lange schon war ich nicht mehr so glücklich gewesen. Nur das Geheimnis um meinen Großvater ließ mich nicht in Ruhe. Die ganze Zeit hatte ich einen Kloß im Bauch. Thomas merkte, dass mich etwas quälte und fragte mich danach. Ich setzte mich auf dem weichen Heuberg auf und begann, ihm nach und nach die ganze Geschichte zu erzählen und alles, was ich bisher herausgefunden hatte. Er hörte mir aufmerksam zu und stellte zwischendurch ein paar Fragen.

„Nun, was hältst du davon?" fragte ich ihn, als ich meine Ausführungen beendet hatte. „Ich kann mir keinen Reim auf all das machen. Aber wenn Frau

Meining gesagt hat, die Familie Bergauer hätte deinen Großvater ganz gut gekannt, sollten wir vielleicht morgen einfach eines der Fotos von dieser Frau mit dorthin nehmen und fragen, ob jemand von den Bergauers sie wiedererkennt. Na, bin ich ein Genie?" Er brachte mich immer zum Lachen, egal wie ernst mir alles war.

„Zur Abwechslung wirklich keine schlechte Idee. Hilfst du mir beim Aussuchen des Bildes?" Wir gingen ins Haus und durchstöberten nochmal die Bilder. Eines aus dem zweiten Album fand unser beider Zustimmung. Es zeigte die Frau schräg von vorn. Sie sah direkt in die Kamera und lächelte. Man konnte sehr gut die Gesichtsform und -züge erkennen, außerdem war auch noch ein wenig Hintergrund mit drauf, der aber für uns keinen Sinn ergab. Keiner von uns beiden konnte den abgebildeten Bauernhof wiedererkennen.

Als wir beide Hunger bekamen, fiel uns auf, dass es schon fast acht Uhr am Abend war. Thomas lud mich zu sich nach Hause ein.

„Ich hätte da noch ein Mikrowellen-Gericht im Tiefkühlfach. 'Zwei Portionen' steht drauf. Falls wir danach noch Hunger haben, könnte ich noch ein paar Käsebrote beisteuern." Ich freute mich über seine Einladung.

„Fahr schon vor, ich muss mich wenigstens kurz unter die Dusche stellen und etwas Frisches anziehen. In einer halben Stunde bin ich bei dir."

„Sollte das ein Wink mit dem Zaunpfahl sein und du möchtest mir sagen, ich sollte mich besser auch duschen? Oder willst du mir noch Zeit genug geben, meine Wohnung aufzuräumen?" Ich streckte

Thomas die Zunge heraus und schwang mich in mein Auto nachdem ich alles ordentlich abgeschlossen hatte (Frau Hansen wäre stolz auf mich gewesen, hätte sie mich sehen können).

„Also bis gleich, schöne Frau, und lass mich nicht zu lange warten!" Thomas setzte wieder seinen Helm auf und fuhr davon.

Ich musste wieder lächeln. Bei keinem Mann hatte ich mich bisher so wohl gefühlt. Bei keinem war ich so locker gewesen wie bei Thomas. Immer hatte ich das Gefühl gehabt, wenn ich einen Mann gerade erst kennengelernt hatte, dass ich mich mächtig anstrengen musste, alles richtig zu machen, damit er mich nicht gleich wieder stehen beziehungsweise sitzen ließ. Ich hatte meine Garderobe unter dem Gesichtspunkt ausgesucht, was 'ihm' gefallen könnte, hatte mich so benommen, wie 'er' es von mir erwartete und bei Christian hatte ich sogar darauf verzichtet, mit einigen meiner engsten Freunde und Bekannten Kontakt zu halten, weil er sie nicht mochte. Thomas hingegen brachte mich zum Lachen, er gab mir das Gefühl, mich so zu mögen, wie ich war. Er kannte mich in meinen verstaubten, dreckigen Jeans und mit verstrubbelten Haaren und mir war es kein einziges Mal unangenehm gewesen. Ich fühlte mich auch nicht gedrängt. Er ließ mir den Freiraum, selbst Einfluss darauf zu nehmen, wann unsere Freundschaft oder Beziehung einen Schritt weiter machen würde. Irgendwie war das wunderbar und seltsam ungewohnt für mich zugleich.

Frau Hansen hielt sich heute sehr zurück, stellte ich fest. Sie grüßte mich nur hastig, als ich zur

Haustür hereinkam, indem sie den Kopf kurz aus der Küchentür streckte.

„Guten Abend, Fräulein Ebert. Sie hatten heute einen Anruf von Ihrer Mutter. Sie wollte nur wissen, wie es Ihnen geht und ob alles OK wäre. Ich habe mich nett mit ihr unterhalten und ihr erzählt, wie fleißig Sie das alte Häuschen zurechtmachen." Meine Mutter! Du lieber Himmel, ich hatte ihr fest versprochen, sie von hier aus anzurufen und ihr einen Bericht zu erstatten über den Zustand von Großvaters Häuschen.

„Kann ich wohl heute Abend kurz meine Mutter zurückrufen?" fragte ich Frau Hansen schuldbewusst.

„Natürlich, drüben auf der Kommode steht das Telefon. Ich habe einen Gebührenzähler dran, also keine Hemmungen. Ich setze Ihnen das alles hinterher bis auf den letzten Pfennig auf die Rechnung." Frau Hansen lachte amüsiert und verschwand wieder in der Küche. „Den schwarzen Knopf rechts am Apparat drücken!" rief sie mir noch zu, als sich die Tür schon geschlossen hatte.

Ich rief meine Mutter an und berichtete ihr vom Häuschen und von meinen Funden. Einiges ließ ich jedoch bewusst aus. Vorerst wollte ich sie nicht beunruhigen. Falls ich etwas herausbekommen sollte, war es immer noch früh genug, ihr alles zu erzählen. Schließlich war es sowieso Vergangenheit und man konnte nichts mehr ändern oder besser machen. Sie freute sich, dass ich mich gemeldet hatte und war noch glücklicher, als sie hörte, dass ich meinen Aufenthalt um einige Tage verlängert hatte.

„Dir gefällt es wohl genauso gut in Birkenfeld wie deinem Großvater. Irgendwas hat dieses Kaff wohl an sich, das alle Leute fesselt. Sag mal, Frau Hansen hat mir von einem Herrn Doktor erzählt. Wer ist das denn, hm?" Die Buschtrommeln waren diesmal sogar bis zu meiner Mutter durchgedrungen. Faszinierend! Ich erzählte ihr kurz und knapp von Thomas und würgte das Gespräch dann ab indem ich ihr erklärte, dass ich mich duschen und umziehen müsse, da ich mit besagtem Doktor ein Rendezvous hätte. Sie war plötzlich ganz aufgeregt, wünschte mir viel Spaß und legte hastig auf.

Ich grinste: typisch meine Mutter. Morgen würde sie wahrscheinlich unter irgendeinem Vorwand nochmals hier anrufen und mich bei der 'Gelegenheit' auch gleich nach meinem Treffen und nach dem 'Herrn Doktor' fragen. Ich konnte es ihr allerdings nicht verdenken. Sie hatte mit meinem Bruder und mir schließlich schon einiges mitgemacht. Wir hatten beide bisher nicht gerade das stabilste Liebesleben gehabt. Mein Bruder hatte Mutter immer als Kummerkasten benutzt und ich war immer zu Großvater gelaufen und hatte mich bei ihm ausgeheult. Deshalb hatte Mutter wohl immer das Gefühl gehabt, sie hätte an einem wichtigen Teil meines Lebens nicht teilgehabt.

Unter der Dusche dachte ich noch ein wenig über unsere Familie nach. Meine Eltern waren eigentlich fast ein Einzelfall: schon dreißig Jahre verheiratet und noch immer glücklich. Meine Mutter hatte mir einmal gesagt, dass sie sich schon manchmal irgendwie schuldig fühle, wenn sie gemeinsam mit Vater zu Geburtstagsfeiern ging und sie fast die einzigen waren, die noch zusammen lebten. Die meisten aus dem Verwandten- und Bekanntenkreis waren entweder verkracht, getrennt oder schon geschieden. Wieder musste ich lächeln, meine Mutter hatte uns eine glückliche Familie gegeben, die sie selbst nie gekannt hatte. Eine reife Leistung, fand ich und hoffte, dass ich das nur halb so gut hinbekommen würde wie sie. Warum dachte ich plötzlich darüber nach, selbst eine Familie zu haben? Für mich war das früher nie ein Punkt gewesen, an den ich einen Gedanken verschwendet hätte. Aus irgendeinem Grund konnte ich mir jetzt durchaus vorstellen, selbst eine Familie zu gründen. Aber zuerst musste ich das Geheimnis um Mutters Familie lüften, nahm ich mir vor!

Rasch zog ich meine leichte Sommerhose über mit einem bequemen, alten Herrenhemd und lief die Treppe hinunter, um Frau Hansen noch einen schönen Abend zu wünschen. Sie war schon wieder in der Küche beschäftigt, etwas Essbares vorzubereiten. Als ich meinen Kopf zur Tür hereinstreckte, winkte sie mich zu sich und gab mir ein kleines Päckchen in Alufolie. Es duftete herrlich.

„Dann haben Sie nicht so viel Arbeit mit dem Kochen, Sie brauchen den Braten nur in den Ofen oder diese modernen Dinger mit den Wellen zu schieben, um es aufzuwärmen. Ist ein Spezialrezept von mir!" Sie zwinkerte mir zu. Ich war gerührt und bedankte mich spontan mit einem Kuss auf die Wange bei ihr. Dann stürmte ich hinaus zu meinem Auto und fuhr zu Thomas.

Kaum hatte ich dort die Klingel berührt, erklang auch schon das Summen des Öffners. Er hatte bereits auf mich gewartet und war gerade dabei, seinen Schrank zu durchsuchen nach etwas, das er für uns kochen könnte. Sein Haar hing nass und wirr um sein Gesicht und er trug nur eine Jogginghose mit nacktem Oberkörper. Ich überreichte ihm das Päckchen von Frau Hansen und er begann fieberhaft, mir diverse Beilagen anzubieten. Amüsiert setzte ich mich auf die Küchentheke und sah ihm zu.

„Hm, mal sehen: wie wär's mit weißen Bohnen in Ketchupsauce, Engländer fahren da furchtbar drauf ab oder, hier, Kochbeutel-Reis ohne Sauce, auch was Feines! Dann haben wir hier noch eine Dose Tomatenmark, das könnten wir ja in den Reis rühren - köstlich, sage ich dir....", er grinste mich verschmitzt an, dann nahm er mich in den Arm. „Du siehst aber irgendwie überhaupt nicht hungrig aus", flüsterte er mir ins Ohr und begann mit seinen Händen die Konturen meines Gesichts nachzuziehen. „Sollen wir das Essen nicht auf später verschieben?" Ich bekam keinen Ton heraus und nickte nur. Er hob mich einfach hoch und trug mich in sein Schlafzimmer, wo er mich vorsichtig aufs Bett legte. Langsam knöpfte er mir mein Hemd auf und bedeckte mich mit Küssen. Ich ließ mich einfach fallen und genoss es, von ihm verwöhnt zu werden. Es schien mir, als ob es für ihn das wichtigste auf der Welt sei, dass es mir gutging. Seine eigenen Bedürfnisse waren für ihn zweitrangig und so ließ er mir viel Zeit, meine Gefühle langsam freizulassen.

Irgendwann erwachten wir beide wieder aus unserem Taumel und Thomas hielt mich zärtlich im Arm.

„Jetzt habe ich aber wirklich Hunger!" Wir kicherten beide wie Teenager. Thomas wickelte mich in seinen riesigen Bademantel und sich selbst wieder in seine Jogginghose.

In der Küche sah ich auf die Uhr - es würde wohl mehr ein Mitternachtsmahl werden, aber egal. Ich schob den Braten von Frau Hansen in die Mikrowelle und Thomas schnitt ein paar Scheiben frisches Brot auf. Hungrig machten wir uns über das Essen her und innerhalb kürzester Zeit hatten wir alles weggeputzt.

„Frau Hansen wäre jetzt stolz auf uns, weil wir unsere Teller so schön leergegessen haben. Sag ihr auf jeden Fall nochmal vielen Dank für das Abendessen, aber du solltest ihr vielleicht verschweigen, was wir als Vorspeise hatten." Thomas zwinkerte mir zu. Ich merkte, wie ich langsam rot wurde. „Muss dir nicht peinlich sein, das ist die beste Vorspeise der Welt, wusstest du das nicht? Außerdem wird man davon erst so richtig schön hungrig." Er versenkte die Teller in die Spüle und zog mich wieder Richtung Schlafzimmer.

„Ich glaube, ich sollte jetzt besser in die Pension zurückfahren", sagte ich leise zu ihm.

„Denkst du etwa, Frau Hansen gibt eine Vermisstenanzeige auf, oder was?" Thomas schien sichtlich beunruhigt bei dem Gedanken, dass ich nicht die Nacht bei ihm bleiben würde.

„Nein, das nicht", ich lächelte ihn an während ich ihm tief in die Augen schaute, „aber lass mir ein bisschen Zeit zum Nachdenken, OK? Das war ein wundervolles Erlebnis heute Abend und ich möchte einfach jetzt ein wenig allein sein, damit ich nicht vor lauter Glück platze." Ich sah ihm an, dass er mich nicht verstand, aber er gab nach, als er merkte, dass es mir ernst war. Thomas brachte mich hinaus zu meinem Auto und hielt mich lange in seinen Armen.

„Ich denke du hast recht: wir haben noch so viel Zeit zusammen, dass wir nicht am ersten Abend gleich alles überstürzen müssen. Fahr vorsichtig, ich brauch' dich noch - und schlaf gut! Ich komme dich morgen früh abholen und wir gehen dann zusammen zu den Bergauers." Er schloss meine Autotür und warf mir noch einen Kuss zu, als ich losfuhr.

Ich atmete tief durch. Mir war fast schwindelig: so gut war es mir schon lange nicht mehr gegangen. Zum ersten Mal hatte ich das Gefühl, den grauen Schleier der unschönen Trennung von Christian abgelegt zu haben. Ich hatte mich einfach ganz entspannt Thomas überlassen und er hatte meine Verletzbarkeit nicht ausgenutzt sondern mich geduldig wieder gelehrt, zu genießen.

Als ich später im Bett lag, kamen mir die Tränen. Komischerweise musste ich immer weinen, wenn ich glücklich war. Der einzige, der das verstanden hatte, war Großvater gewesen. 'Kind, lass deine Gefühle heraus und wenn du mit Wasser nachspülen musst, ist das auch egal",
hatte er immer gesagt und mich in den Arm genommen.

Plötzlich musste ich wieder an morgen denken. Würden uns die Bergauers mehr über ihn sagen können? Ich hoffte es, denn dieses ungelöste Rätsel war mir schon in den letzten Tagen aufs Gemüt geschlagen. Ich dachte an die Frau auf dem Bild, an

Onkel Werners Freundin. Wer war sie? Ob sie noch lebte und ich sie vielleicht finden konnte? Vielleicht würden wir morgen einen großen Schritt näher kommen. Langsam duselte ich in den Schlaf und träumte wieder wirr von allen meinen Verwandten.

Sonntag

Am nächsten Morgen wachte ich schon mit Kopfschmerzen auf. Ich durchforstete meinen Kulturbeutel im Bad nach Schmerztabletten und fand schließlich in den Tiefen der Tasche noch zwei ziemlich alte, offensichtlich weitgereiste Exemplare. Mit Wasser aus dem Zahnputzglas schluckte ich gleich beide und legte mich noch ein paar Minuten auf mein Bett um die Wirkung abzuwarten. Es war jetzt halb neun und um etwa zehn Uhr würde Thomas kommen, um mich abzuholen. Ich hatte also noch viel Zeit, um in Ruhe zu frühstücken und mich auf das Gespräch mit den Bergauers vorzubereiten. Was würde ich sagen? Sollte ich warten und hoffen, dass sich eine Gelegenheit im Gespräch ergab, beiläufig danach zu fragen oder sollte ich direkt mit meiner Geschichte herausplatzen? Zu warten und beiläufig zu fragen schien mir nicht ganz passend: wie sollte ich erklären, dass ich 'zufällig' das Bild mitgebracht hatte? Nein, ich musste schon direkt auf die Leute zugehen und meine Geschichte erzählen, oder wenigstens einen Teil davon. Plötzlich bekam ich ein dumpfes Drücken im Magen und schob es zunächst auf die Tabletten. Vielleicht hätte ich doch nur eine nehmen sollen. Im Hinterkopf wusste ich allerdings, dass es auch ein wenig Angst war. Angst vor der Wahrheit, der ich vielleicht schon sehr nahe gekommen war.

Nach etwa einer halben Stunde stand ich auf. Meine Kopfschmerzen waren weg, das Drücken im Bauch allerdings nicht. Ich zog mich an und ging hinunter zum Frühstücken. Frau Hansen fing mich im Flur ab und ließ mich nicht zum Frühstücksraum gehen, sondern winkte mich gleich in die Küche.

„Wie war der Braten gestern Abend?" wollte sie von mir wissen.

„Sehr lecker, vielen Dank nochmals. Thomas, also Doktor Reinhardt, bedankt sich auch recht herzlich." Brav beantwortete ich ihr noch ein paar unschuldige Fragen, ließ aber innerlich grinsend die wichtigsten Erlebnisse meines gestrigen Abends aus. Frau Hansen schienen meine Schilderungen auszureichen. Sie richtete mir das Frühstück in der Küche an.

„Dann brauchen Sie sich nicht zu den anderen Gästen ins andere Zimmer zu setzen. Die sind sowieso ziemlich laut. Lassen Sie sich's schmecken, ich gehe kurz rüber um zu sehen, ob sie noch etwas brauchen."

Frau Hansen ließ mich allein und ich schlürfte langsam an meiner Tasse Kaffee, die ich mit beiden Händen umschlossen hielt. Morgens war ich eigentlich fast immer missgelaunt und sehr wortkarg und heute fühlte ich mich erst recht nicht frisch und ausgeruht. Frau Hansen kam zurück und stellte meine Kommunikationsfähigkeit gleich auf eine harte Probe. Sie erzählte mir einige Geschichten aus dem Dorf und wollte immer meine Kommentare dazu hören. Ich erklärte ihr, dass Thomas mich gleich abholen würde und wir gemeinsam zu den Bergauers gingen, um sie nach Großvater zu befragen. Frau Hansen stockte kurz in ihrer Handbewegung und sah mich an. Dann besann sie sich und fuhr fort, das Frühstücksgeschirr zu spülen. Ich half ihr beim Abtrocknen bis Thomas kam. Ganz Gentleman bedankte er sich bei Frau Hansen für den Braten von gestern und lobte ihre Kochkünste. Sie bekam rote Bäckchen und strahlt.

„Ach, das ist doch nichts Besonderes, nur ein ganz einfaches, altes Rezept."

„Komm, lass dein Auto stehen, wir laufen bei dem schönen Wetter!" ordnete Thomas an und wir gingen Arm in Arm die Straße hinunter zur Hauptstraße hin. Frau Hansens Blick konnte ich im Rücken förmlich spüren. Fest umschloss ich mit der Hand das Foto in meiner Jackentasche. Ich hoffte, es würde mich heute der Wahrheit näherbringen. Bei den Bergauers angekommen, sprang Thomas die Treppen zur Haustür hoch, um zu klingeln. Ich wartete unten im Hof.

Als ich sah, wer die Tür öffnete, erschrak ich ein wenig: es war der grimmig dreinblickende Bauer, den ich gleich am ersten Tag gesehen hatte! Er schaute mich finster an und grüßte mich nicht. Zu Thomas war er einigermaßen freundlich, aber er war wohl ein eher raubeiniger Zeitgenosse und hielt nicht viel von Höflichkeiten. Schlurfend ging er vor uns her und führte uns in den Stall, wo Thomas sich das Kalb ansah. Die beiden sprachen in knappen Sätzen über das Tier und worauf in der nächsten Zeit zu achten sei. Irgendwann wechselte Thomas das Thema.

„Herr Bergauer, wissen Sie eigentlich, wer die junge Dame hier ist?" Der alte Bauer schaute mich lange an und schüttelte dann langsam den Kopf. „Es ist die Enkelin von Herrn Berger. Erinnern Sie sich noch an ihn, ihm gehörte früher die kleine Hütte hinten Richtung Waldrand. Fräulein Ebert hat sie nun von ihm geerbt, ihr Großvater ist nämlich kürzlich gestorben, wissen Sie." Ich beobachtete Bauer Bergauer aufmerksam und stellte fest, wie sich seine Gesichtszüge langsam veränderten. Er sah mich nun lächelnd an.

„Ich dachte Anfang der Woche, als ich Sie gesehen habe, dass Sie wieder einer dieser stadtkranken Touristen sind, die sich langsam in unserem Dorf breitmachen, weil ja alles so 'idyllisch' ist. So, so, Sie sind also die Enkelin vom alten Karl Berger." Er besah mich noch einmal aufmerksam. „Ja, ein bisschen sehen sie ihm schon ähnlich, wenn man genau hinschaut", bemerkte er jetzt.

„Herr Bergauer, Fräulein Ebert hat eine Bitte an Sie. Vielleicht könnten sie ihr helfen, wenn Sie sich bitte ein Foto anschauen." Thomas nickte mir zu und ich holte das Bild aus meiner Jackentasche.

„Kennen Sie die Frau auf dem Foto zufällig?" fragte ich ihn zögernd.

„Lassen Sie mal sehen", er nahm das Bild in seine rauen Hände und sah es lange an. „Ist das nicht Helene Meining? Ja, natürlich, wie sie leibt und lebt: sie war sehr hübsch, als sie jung war, wissen Sie. Jeder hier im Dorf hat versucht, sich an Lene heranzumachen, aber sie war ein ziemlich harter Brocken. Werner Berger hatte es ja dann geschafft, aber der ist ja leider aus dem Krieg nicht mehr zurückgekommen. Zum Schluss hat Lene eine Jugendliebe geheiratet, naja, scheint wohl ganz glücklich gewesen zu sein." Er gab mir das Bild zurück und ich steckte es hastig wieder in die Tasche.

Mir stockte der Atem: Helene! Lene! Das war also das „L." auf den Briefen gewesen! Ich wusste im Augenblick nicht, was ich denken sollte. Meine Gedanken überschlugen sich und ich wankte langsam über den Hof Richtung Straße. Thomas verabschiedete sich vom alten Bergauer und auch ich schüttelte ihm mechanisch die Hand.

Eine Weile lang gingen Thomas und ich schweigend nebeneinander her. Ich musste meine Gedanken ordnen.

„Na, das ist ja ein Ding!" sagte Thomas schließlich. „Hättest du sie erkannt? Muss ja ein ganz heißer Feger gewesen sein, die Frau Meining." Ich entspannte mich langsam. Thomas' lockere Art, an die Dinge heranzutreten, war ansteckend und ich musste jetzt sogar über seinen saloppen Spruch lachen.

Wir gingen den ganzen Weg zu Fuß bis zum Häuschen und setzten uns auf die Bank im Garten. Ich erzählte die ganze Geschichte noch einmal laut vor mich hin und obwohl Thomas schon fast alle Details kannte, unterbrach er mich nicht, sondern ließ mich meine Gedanken aussprechen und sortieren.

„Glaubst du nicht, dass Frau Meining vielleicht wollte, dass du es selbst herausfindest? Hätte sie dir sonst den Hinweis gegeben, dass die Bergauers deinen Großvater gekannt haben? Ich schätze, sie hat es nur nicht übers Herz gebracht, es dir selbst zu erzählen. Sie hatte sicher Angst vor deiner Reaktion."

„Aber warum hätte ich sie verurteilen sollen? Sie hat sich wohl in den gutaussehenden Werner verliebt, der dann im Krieg gefallen ist. Kann man es ihr verdenken, dass sie bei seinem Bruder Trost suchte? Allerdings kann ich nicht so ganz verstehen, was Großvater dazu trieb, diese Affäre einzugehen und wohl recht lange aufrechtzuerhalten. Nein, aber Helene hätte ich sicher nicht verurteilt für das, was sie tat."

„Ja, aber überleg' doch mal: hätte sie zu dir hingehen sollen und sagen 'Guten Tag, ich bin die Geliebte Ihres Großvaters gewesen'?" Ich musste Thomas natürlich Recht geben. Aber warum hatte Großvater seine Frau betrogen? Er war noch nicht lange verheiratet gewesen, als er das Verhältnis mit Helene angefangen hatte, das hatte ich aus den Daten der Briefe sehen können. Die Liebe zu Großmutter musste ziemlich schnell ziemlich stark nachgelassen haben. Ich musste mich dringend mit Helene treffen und sie fragen, jetzt, wo ich die ganze Wahrheit kannte! Thomas konnte meine Gedanken lesen.

„Du solltest jetzt nichts übereilen. Du willst sicher jetzt Frau Meining sofort besuchen, oder? Warte wenigstens bis morgen, mein Vater hat immer gesagt, man sollte über solche Dinge erst einmal eine Nacht schlafen, bis sich die ersten Wogen geglättet haben und man mit klarem Kopf herangehen kann." Er hatte ja Recht, ich bemerkte erst jetzt, dass mein Kopfweh wieder gekommen war. Es pochte in meinen Schläfen, dass ich es kaum noch aushielt.

„Du bist ganz blass. Ich glaube, ich muss dich ein bisschen pflegen. Komm, gehen wir zurück zu deinem Auto und fahren zu mir. Hättest du Lust, mit mir heute Nachmittag eine Motorrad Tour zu machen? Ich habe noch einen Extra-Helm. Wir könnten ein wenig spazieren fahren und später eine schöne Gartenkneipe irgendwo suchen zum Abendessen!?" Gut, dass Thomas immer wusste, wie ich mich fühlte.

„Ich glaube, das wäre jetzt genau das richtige für mich." Ich lächelte ihn an und lehnte mich an seine Schulter. Gemütlich schlenderten wir die Straße hinunter zum Auto. Er chauffierte mich in meinem eigenen Auto, was auch eine sehr angenehme neue Erfahrung für mich war. Bei ihm zu Hause angekommen, gab er mir eine Lederjacke von der Garderobe und einen Helm mit dem gleichen Farbmuster wie sein eigener.

„Ich frage jetzt lieber nicht, wem der mal gehört hat, oder?" zog ich ihn auf.

„Doch, kannst du ruhig: der Helm ist brandneu. Ich hatte ihn allerdings tatsächlich einmal für Kim gekauft in der Hoffnung, sie würde sich für mein Hobby begeistern. Sie fand Motorradfahren allerdings nur primitiv und weigerte sich, auch nur eine Probefahrt mit mir zu machen. Du brauchst also keine Angst zu haben, dass du noch lange schwarze Haare im Helm findest."

„Na, dann bin ich ja froh, dass ich den Helm sozusagen entjungfern darf..." lachend stülpte ich ihn über und Thomas sah mich verblüfft an.

Wir fuhren eine wunderschöne kurvige Strecke durch den Wald. Ich genoss den Wind, der mir um die Nase wehte und hielt mich eng an Thomas geklammert. An einer alten Mühle mit Restaurant hielten wir an und setzten uns unter einen Sonnenschirm auf der Terrasse zum Kaffeetrinken.

„Motorradfahren macht hungrig", entschied Thomas und bestellte zusätzlich zwei Eisbecher für uns. Während wir uns über das Eis hermachten, unterhielten wir uns über alles Mögliche und ich merkte, wie Thomas ganz bewusst versuchte, dem Thema Helene aus dem Weg zu gehen. Mir war es recht, denn ich brauchte jetzt erst einmal Abstand davon. Er erzählte mir Anekdoten von sich um mich zum Lachen zu bringen.

„So gefällst du mir schon viel besser", stellte er fest. „Kalorien sind übrigens auch gut fürs Gemüt", erklärte er mir und kratzte auch noch den letzten Rest Eis aus der Glasschale. Nachdem wir uns nun ausgeruht hatten, ging die Fahrt weiter und ich bemerkte, wie ich mit jedem Kilometer ruhiger wurde.

Gegen Abend hielten wir in einem wunderschönen, malerischen Ort, an einem kleinen Flüsschen gelegen und gingen für zwei Stunden spazieren, um unsere Muskeln zu bewegen, die vom langen Motorradfahren schon schmerzten. Thomas dozierte über wildlebende Tiere im Wald und über deren Gesundheitsmechanismen. Er erklärte mir, warum Haustiere meist anfälliger für alle möglichen größeren und kleineren Krankheiten sind, als die Tiere in freier Natur. Ich hörte ihm zwar interessiert zu und stellte auch einige Fragen, aber im Hinterkopf arbeitete mein Gehirn noch immer an der Geschichte mit Helene und meinem Großvater. Gleich morgen wollte ich sie treffen und mit ihr darüber sprechen. Ich wollte hören, wie sie ihre Version der Geschichte erzählte, meinen Großvater konnte ich ja nun leider nicht mehr fragen. Aus irgendeinem Grund glaubte ich, noch nicht alles zu wissen. Ich war fest davon überzeugt, dass durch Helene noch etwas anderes ans Licht kam.

Nach unserem Spaziergang kehrten wir in ein kleines Wirtshaus im Ort ein und genossen das gutbürgerliche Essen. Als die Sonne langsam begann, sich rötlich zu färben, brachen wir wieder auf, damit wir wieder zurück waren, bevor es richtig dunkel wurde.

Thomas ließ es diesmal ohne Proteste zu, dass ich mit meinem Auto zurück zur Pension fuhr und nicht bei ihm übernachtete. Ich versprach ihm, morgen bei ihm in der Praxis vorbeizukommen, nachdem ich mit Helene gesprochen hatte.

Diese Nacht konnte ich glücklicherweise wie ein Stein schlafen, die viele frische Luft und der Spaziergang hatten mich ziemlich ermüdet.

Montag

Morgens weckte mich eine aufgeregte Unterhaltung im Treppenhaus. Die anderen Gäste reisten ab und waren dabei, ihre Koffer die engen Stiegen hinunter zu transportieren. Alle sprachen durcheinander, jeder überprüfte, ob nichts vergessen worden war und lief noch einmal im Zimmer hin und her. Mein Kopf dröhnte von dem Krach und ich zog mir das Kissen über die Ohren. Irgendwie hatte ich gar keine Lust, aufzustehen, heute würde ich Helene treffen. Ich wusste nicht, ob ich mich freuen oder eher Angst haben sollte vor dem, was mich erwartete.

Schließlich überwand ich mich doch zum Aufstehen, zog ich mich rasch an und ging dann hinunter zu Frau Hansen, wo sich in der Zwischenzeit alles beruhigt hatte. Alle waren abgereist. Sie lief zwischen Frühstücksraum und Küche hin und her und räumte das Geschirr ab. Ihren Protest ignorierend, half ich ihr. Erst als alles zum Abwasch aufgetürmt war, setzte sich Frau Hansen mit mir an den großen Küchentisch und wir tranken gemeinsam eine Tasse Kaffee.

„Kann ich Frau Meining anrufen, ich würde sie gerne nachher im Häuschen treffen", fragte ich sie.

„Natürlich, können Sie, geben Sie sie mir bitte gleich danach, ich muss sie auch noch sprechen", Frau Hansen sprang auf und drängte mich zum Telefon im Flur.

Ich wählte die Nummer, die mir Frau Hansen gegeben hatte und eine männliche Stimme meldete sich. Nachdem ich meinen Namen genannt hatte, stellte sich heraus, dass es Bernhard war, Helenes Enkel.

„Hallo, Frau Ebert, gut, dass ich Sie gerade dran habe! Sagen Sie, wären Sie interessiert an einem alten Bettsofa? Es passt vom Muster her zu dem Sofa in dem kleinen Häuschen, das sie gekauft haben. Wissen Sie, vor einigen Jahren hat mir der alte Herr, dem das Haus früher gehörte, das Sofa geschenkt, weil ich als Student nicht viel Geld hatte und eine Bude einrichten wollte. Netter Typ, ein Jugendfreund von Oma, Sie wissen schon.... Allerdings habe ich jetzt eine halbwegs annehmbare Wohnung und brauche es nicht mehr. Ich dachte mir, wenn Sie's gebrauchen können, würde ich gern das sperrige Ding wieder loswerden." Jetzt war mir wenigstens klar, wo Großvater übernachtet hatte! Und als er beschlossen hatte, nicht mehr nach Birkenfeld zu kommen, hatte er das Bettsofa Helenes Enkel geschenkt.

„Ja, ich denke, ich könnte das Sofa gut gebrauchen, denn ich habe vor, öfters am Wochenende herzukommen und dort zu übernachten. Aber, nur zur Information: ich habe das Haus nicht gekauft. Karl Berger war mein Großvater und er hat mir das Häuschen vererbt", klärte ich Bernhard auf. Er verstummte am anderen Ende und ich konnte hören, wie er am anderen Ende tief Luft holte.

„Ich rufe Großmutter", stammelte er und verschwand.

„Hallo, Susanne?!" atemlos meldete sich Helene am Telefon.

„Wo habe ich dich denn hergeholt?" fragte ich, „du bist ja ganz abgehetzt!"

„Ach, ich war gerade im Stall, Bernhard hat mich gerufen. Also: was kann ich für dich tun?"

„Ich würde dich gerne treffen, um über Großvater zu sprechen. Gestern habe ich nämlich endlich herausbekommen, wer die Frau auf den Fotos ist."

Helene seufzte, „Ich komme, so schnell ich kann zu dir, mein Kind. Ich glaube, es gibt viel zu erzählen!" Sie legte grußlos auf. Ich ließ den Hörer sinken. Erst jetzt bemerkte ich, dass Frau Hansen erwartungsvoll neben mir stand.

„Sorry, Helene hat so schnell aufgelegt. Ich treffe sie aber nachher, kann ich ihr etwas ausrichten?"

„Ach nein, lassen Sie nur, ist nicht so wichtig. Herrgott, wie sehen Sie denn aus, Fräulein Ebert! Sie sind ja ganz blass! Kommen Sie erst mal, ich schenke Ihnen noch eine Tasse Kaffee ein!" Besorgt hakte sich Frau Hansen bei mir unter und führte mich in die Küche. Wir saßen eine Weile schweigend vor unseren dampfenden Tassen, dann sagte ich zu ihr:

„Ich weiß jetzt, dass die Frau auf den Bildern in meinen Alben Helene Meining ist. Nein, Sie brauchen mir nicht zu erklären, warum Sie mir das nicht gleich gesagt haben - auch das weiß ich. Ich bin Ihnen nicht böse." Sie atmete hörbar auf. „Ich gehe jetzt wieder rüber zum Häuschen. Helene kommt dorthin, ich denke, wir haben viel zu besprechen."

Noch einmal ging ich hinauf in mein Zimmer, um die Fotoalben, Briefe und die Blechdose zu holen. Dann verabschiedete ich mich von Frau Hansen und fuhr mit dem Auto zum Haus. Kurz nachdem ich alles ausgeladen und hineingebracht hatte, stand Helene in der Tür mit Tränen in den Augen. Ich ging zu ihr und umarmte sie. Wir setzten uns auf das Sofa und Helene begann zunächst, sich umständlich die Nase zu putzen. Nach einer Weile nahm sie sich das erste Fotoalbum, schlug es auf und fing an, zu erzählen.

„Dein Großvater hatte mich wohl schon sehr lange im Auge gehabt, doch ich hatte immer seinen feschen Bruder Werner bevorzugt. Der war damals ein richtiger Schürzenjäger und alle Mädchen im Dorf schwärmten für ihn. Natürlich war ich mächtig stolz, dass Werner sich schließlich für mich entschied. Eine Weile, bevor er in den Krieg zog, gaben wir uns gegenseitig das Heiratsversprechen und Karl, Dein Großvater, muss das wohl als endgültigen Wink des Schicksals gesehen haben. Jedenfalls heiratete er Marie, die Tochter eines der reichsten Bauern der Gegend, die ihm schon eine Weile lang schöne Augen gemacht hatte. Ihre Eltern waren wohl zu Anfang nicht mit der Heirat einverstanden, weil Karl aus nicht gerade wohlhabenden Verhältnissen stammte. Dennoch war es schließlich eine schöne und stimmungsvolle Hochzeit mit vielen Gästen, siehst du, hier auf dem Bild sind wir alle drauf. Das war die letzte Feier, auf der ich mit Werner gemeinsam war. Wenn du genau hinschaust, kannst du im Blick deines Großvaters auch ein wenig Wehmut erkennen. Ich habe ihn sehr genau gekannt, weißt du, da sehe ich das noch heute auf diesen vergilbten Fotos, wie er sich damals gefühlt haben muss." Helene sah mich an und seufzte tief.

„Und dann kam Werner im Krieg um, stimmt's?" fragte ich.

Helene fuhr fort: „Ja, und ich war untröstlich. In meiner Trauer kümmerten sich Marie und dein Großvater rührend um mich und nahmen mich sogar eine Zeitlang bei sich auf, damit immer jemand bei mir war, um nach mir zu sehen. Als es mir wieder besser ging, zog ich zurück in mein kleines Häuschen, das uns meine Eltern zur Verlobung damals geschenkt hatten. Dort gewöhnte ich mich an die Einsamkeit. Ab und zu kam Karl mich besuchen, allein, ohne seine Frau und irgendwann sind wir wohl beide schwach geworden. Er gestand mir schon damals, Marie nur geheiratet zu haben, weil er die Hoffnung, mich zu bekommen, schon aufgegeben hatte. 'Wir können unsere Entscheidungen nicht mehr rückgängig machen, auch wenn wir heute schlauer sind und anders entscheiden würden, Lene' sagte er damals zu mir. Unser Verhältnis lief trotzdem noch ziemlich lange weiter. Zwei Jahre waren es sicher bis ich bemerkte, dass deinem Großvater etwas auf der Seele lastete. Er sprach oft davon, dass wir uns nicht mehr sehen dürften, aber keiner von uns brachte es übers Herz, unsere heimlichen Treffen wirklich einzustellen."

„Aber Großvater hatte dir doch diesen Brief geschrieben, in dem er sich von dir trennen wollte," im gleichen Moment, als ich Helene dies sagte, fiel mir ein, dass der Umschlag ja verschlossen gewesen war, das hieß, dass Helene diesen Brief niemals erhalten hatte. Ich hätte mir selbst auf die Zunge beißen können!

„Welchen Brief?" wollte nun natürlich Helene wissen. Ich druckste herum, gab ihr aber schließlich den Brief meines Großvaters zum Lesen. Wieder stiegen ihr Tränen in die Augen. Sie sah sich das Datum genauer an.

„Ich weiß bis auf den Tag genau, wann er mir den Brief wohl geben wollte", sagte sie und wischte sich die Tränen mit dem Handrücken vom Gesicht.

„Aber warum hat er ihn dir damals nicht gegeben?" Ich konnte es mir nicht erklären.

„Es war der Tag, an dem ich ihm sagte, ich sei schwanger von ihm."

Peng, das saß! Helene schwieg eine lange Zeit und schaute mich unverwandt an. Es war, als hätte mir jemand in den Magen geboxt. Wenn dieses Kind wirklich zur Welt gekommen war, dann hatte Mutter eine Halbschwester und die ganzen Jahre nichts davon gewusst. Alles Mögliche schwirrte mir durch den Kopf.

„Und Großmutter? ...- ich meine: habt ihr es vor ihr die ganze Zeit geheim gehalten? Sie muss doch etwas geahnt haben, oder?" Helene nickte nur. Plötzlich tat mir Großmutter schrecklich leid. Sie musste sehr gelitten haben unter der Situation. „Hast du dich jemals mit ihr getroffen und darüber gesprochen?"

„Nein, Kind, das ist etwas sehr modernes, wo sich alle Beteiligten bei einer Tasse Tee an einen großen runden Tisch setzen und wie vernünftige Leute darüber reden. Damals war das etwas, das man ‚eine Schande' nannte. Es musste auf jeden Fall ganz geheim bleiben und durfte nicht aus dem Kreise von uns dreien heraussickern. Deshalb haben wir nie eine große Aussprache gehabt, von der alle in der Familie mitbekommen hätten. Karl sprach mit seiner Frau darüber. Sie selbst konnte keine Kinder bekommen, das hatte ein Arzt nach fast drei Jahren kinderloser Ehe festgestellt und so überzeugte Karl seine Maria davon, dass sie mein Kind als ihr eigenes, leibliches Kind annehmen sollten. Das ganze musste aber, wie gesagt, streng geheim ablaufen, sodass niemand davon etwas mitbekam. Du siehst ja, bis heute hat es niemals jemand herausbekommen." Mir drehte sich alles im Kopf, aber Helene ließ mir keine Zeit, meine Gedanken zu ordnen, sondern fuhr fort.

„Ich zog also wieder bei Karl und Marie ein mit der Begründung, es gehe mir wieder gesundheitlich schlechter. Selbst meine Eltern akzeptierten das. Sie waren zu der Zeit schon sehr alt und hatten genug mit sich selbst und unserem kleinen Bauernhof zu tun. Daher waren sie froh, nicht noch eine zusätzliche Last aufgebürdet zu bekommen. Mit der Zeit begann Marie nun, sich die Röcke auszustopfen und überall zu erzählen, sie sei nun doch entgegen der Diagnose der Ärzte schwanger geworden. Ich hingegen ließ mich kaum noch auf der Straße sehen und wenn, dann nur mit sehr unförmigen, weiten Kleidern. Zum Schluss war es dann nicht mehr zu verbergen und so verließ ich das Haus fast nicht mehr. Als das Kind geboren wurde, waren nur Maria und dein Großvater dabei. Wir hatten uns anhand von Büchern auf die Geburt vorbereitet und holten den Arzt erst, als Maria gut zugedeckt im Bett lag und nur das Neugeborene zu untersuchen war. Der Arzt fragte nicht weiter nach, als Maria versicherte, ihr gehe es blendend, und kümmerte sich um das Kind. Nach ein paar Tagen hatte ich mich von der Geburt erholt und konnte wieder in mein Häuschen zurückkehren. Allen Leuten im Dorf erzählte ich, dass dein Großvater und seine Frau mich gesundgepflegt hatten. Jeder verstand, dass ich nun, wo das Baby im Haus war, den beiden nicht länger zur Last fallen konnte und so fragte auch nie jemand nach den Zusammenhängen." Langsam begriff ich, was Helene mir hier erzählte. „Tja, dein Großvater und ich haben uns dann im Einverständnis getrennt und uns nicht wieder getroffen. Karl kümmerte sich nun rührend um seine kleine Familie und verwöhnte Maria, wo er nur konnte. Er las ihr jeden Wunsch von den Augen ab, gab ein großes Fest zur Taufe seiner Tochter und tat alles, um Maria von der schrecklichen Wahrheit abzulenken, dass es nicht ihr Kind war. Trotzdem bemerkte Maria nach einer Weile, dass dein Großvater unsere Beziehung nicht vergessen konnte. Er war sehr ruhig und grüblerisch geworden und irgendwann erzählte er mir später einmal, er müsse wohl meinen Namen im Schlaf vor sich hingemurmelt haben." Jetzt schmunzelte Helene einen Moment lang, wurde aber dann wieder Ernst. „Maria ist daran kaputtgegangen, denn auch je älter das Kind wurde, desto ähnlicher wurde es mir und desto mehr erinnerte es Maria an das Geschehene. Karl war ihr keine große Stütze in ihrem Kummer und an sonst jemanden konnte sie sich nicht wenden. Eines Tages, als sie sehr traurig war, stieg sie auf den Heuboden und stürzte sich mehrere Meter hinab. Sie wollte und konnte nicht mehr mit der Lüge leben und sie konnte es auch nicht verkraften, sich mit dieser 'Schande' von ihrem Mann zu trennen. Und reden oder sich jemandem anvertrauen konnte sie ja auch nicht. Also hielt sie es für das Beste, ihrem Leben ein Ende zu setzen.

Karl machte sich natürlich schreckliche Vorwürfe und schon kurz nach ihrem Tod verließ er Birkenfeld, weil er Angst hatte, die Leute könnten im Nachhinein anfangen, zu reden. Er wollte auch mir meine Zukunft nicht kaputt machen, denn ich hatte inzwischen Wilhelm geheiratet, mit dem ich eine Familie gründete und mit dem ich die nächsten Jahrzehnte glücklich gewesen bin. Willi war ein feiner Mann, ich habe ihn nie wirklich von ganzem Herzen geliebt, wie deinen Großvater, aber er gab mir ein ruhiges, sorgenfreies, mit viel Zärtlichkeit erfülltes Familienleben und das war es, was ich nach all den Höhen und Tiefen gebraucht hatte. Karl hat fairerweise nicht mehr versucht, unsere Beziehung wieder aufleben zu lassen, nachdem Maria tot war. Erst lange Jahre später, als seine Tochter längst schon im jugendlichen Alter war, kam er wieder hierher, kaufte das Stückchen Land hier und baute ein kleines Häuschen darauf. Er nahm mit niemandem Kontakt auf, aber irgendwann sprach es sich herum, dass der Mann Karl Berger war. Eines Tages ging ich auf dem Weg von den Feldern bei ihm vorbei und besuchte ihn hier in dieser Hütte. Obwohl so lange Zeit dazwischengelegen hatte, klopften unsere Herzen noch immer wie am ersten Tag unserer Beziehung. Wir sprachen lange und dein Großvater zeigte mir Fotos und erzählte Geschichten von unserer Tochter. Eine richtige Liebesbeziehung hatten wir nie mehr, aber wir blieben immer sehr enge Freunde und auch Willi freundete sich mit Karl an, ohne natürlich jemals zu wissen, wie wir zueinander standen. Ich habe es bis zu seinem Tod nicht übers Herz gebracht, darüber zu reden." Helene schaute unter sich und spielte mit ihrem Taschentuch.

Ich saß mit offenem Mund da: dann war Helenes Kind meine Mutter!

„Du bist meine Großmutter!" brachte ich mühsam hervor. Sie nickte nur.

„Verurteile uns bitte nicht für das, was wir getan haben. Denke immer daran, dass deine Mutter das Kind einer sehr großen Liebe ist. Allerdings quält mich bis heute ein Schuldgefühl am Tod von Maria. Karl hat mir immer gesagt, dass mich keine Schuld träfe. Er erzählte mir, dass sie schon von Anfang an sehr depressiv gewesen war und als sie erfuhr, dass sie wahrscheinlich keine Kinder würde bekommen können, wurde es noch schlimmer. Maria hatte deinem Großvater sogar gedroht, wenn er sie sitzen lasse, werde sie sich umbringen und so hatte er sich die Möglichkeit der Trennung von ihr ziemlich schnell aus dem Kopf geschlagen. Karl hatte dann auch an das Wohl des Kindes gedacht und sich überlegt, dass wir beide praktisch mittellos auf der Straße gestanden hätten und uns irgendwo sonst eine neue Existenz hätten aufbauen müssen, was nach dem Krieg nicht so ganz einfach war. Damals war das alles noch ganz anders. Meine Eltern hätten mich verstoßen und auch Karl hätte keinen Pfennig gehabt, da er sein ganzes bisschen Geld in Marias Hof investiert hatte. Sie hätte ihn nie gehen lassen." Sie seufzte tief und fuhr nach einer Weile mit veränderter Stimme fort, „Wenn ich bedenke, mein Enkel Ralf und seine Frau Kerstin haben bevor sie geheiratet haben, vier Jahre zusammengelebt und sogar ein Kind bekommen. Das Kind war bei der Hochzeit Blumenmädchen. Wenn man sich das vorstellt! Damals wären wir mit Schimpf und

Schande aus dem Dorf gejagt worden." Helene redete und redete jetzt und war gar nicht mehr zu stoppen.

„Was glaubst du, wie wird Mutter es auffassen?" unterbrach ich sie, „Soll ich es ihr sagen oder sollen wir sie hierher einladen und du erzählst ihr dieselbe Geschichte, die du mir heute erzählt hast?"
Helene brach ihren Redeschwall ab und starrte mich aus weit aufgerissenen Augen an.
„Du kennst sie doch viel besser als ich. Eigentlich kenne ich sie gar nicht..." sagte sie jetzt mit Tränen in den Augen, „meine einzige Tochter und ich kenne sie nicht mal, ist das nicht komisch?" Plötzlich brach sie in hysterisches Lachen aus, die Tränen rannen ihr noch immer die Wangen herunter. „Ja, entscheide du das, du kennst sie ja, meine Tochter."
Mir war unbehaglich, ich wollte allein sein, um mir das alles durch den Kopf gehen zu lassen. Das sagte ich Helene und sie stimmte mir sofort zu.
„Entschuldige meine Reaktion. Es ist alles so unwirklich, so unbegreiflich. Das war sicher alles ein wenig zu viel für dich. Ich lasse dich jetzt erst mal alleine." Sie steckte ihr Taschentuch ein und stand auf. „...und weißt du: ich habe große Angst davor, meine Tochter nach so vielen Jahren kennenzulernen." Helene drehte sich um und ging grußlos hinaus.

Ich saß wie betäubt auf dem Sofa. Die Geschichte, die Helene mir da gerade erzählt hatte, war unglaublich, aber trotzdem musste ich mich nun damit auseinandersetzen. War es fair, es meiner Mutter nicht zu erzählen? War es fair, ihr alles zu sagen und ihr ganzes bisheriges Bild ihrer Eltern von Grund auf zu zerstören? Ich wusste es nicht. Zuerst würde ich zu

Thomas fahren und ihm alles erzählen. Er wusste ja für fast alles eine Lösung. Und falls nicht, würde mir ein Gespräch sicherlich helfen, die ganze Sache zu verarbeiten. Ich wusste nicht, wie lange ich so dagesessen hatte, aber es musste schon ziemlich spät am Nachmittag sein, denn Thomas kam gerade mit besorgtem Blick den Gartenweg hinaufgelaufen und klopfte energisch an die Haustür. Langsam erhob ich mich vom Sofa und öffnete ihm.

„Du lieber Himmel, wie siehst du denn aus!" rief er und nahm mich in seine Arme, „nun erzähl' schon - das heißt: nur, wenn du möchtest natürlich."
„Lass uns irgendwohin gehen. Ich möchte ein bisschen raus aus dieser Hütte, ich halte es fast nicht mehr aus", antwortete ich ihm.
Wir nahmen diesmal Thomas' Auto, da ich mich nicht mehr in der Lage fühlte, zu fahren. Während der ganzen Fahrt saßen wir schweigend nebeneinander und erst, als Thomas das Auto in einem Feldweg abgestellt hatte und wir ein paar Schritte gegangen waren, platzte die ganze Geschichte aus mir heraus. Ich erzählte Thomas alles haarklein vom Anfang bis zum Ende. Er unterbrach meinen Redeschwall nicht und erst als ich fertig war und ihn erwartungsvoll ansah, seufzte er tief.
„Eine verzwickte Situation ist das, in der ihr Euch da befindet, das muss ich schon sagen. Oder besser: in der du dich befindest. Nur du kennst beide Frauen und nur du kannst entscheiden, was das Beste für alle ist. Du kennst deine Mutter gut genug um zu wissen, ob sie die Geschichte verkraften würde oder ob die ganze Sache nicht nach so vielen Jahren noch einmal aufgerollt werden sollte. Aber du darfst auch

nicht vergessen, dass Helene natürlich große Angst vor dieser Begegnung hat und irgendwie solltest du sie vielleicht in die Entscheidung mit einbeziehen."

Thomas hatte natürlich Recht. Ich musste mir nun darüber im Klaren werden, was für alle Beteiligten das Beste sein würde.

„Überschlafe alles noch einmal. Ich bin sicher, morgen früh scheint dir alles nicht mehr ganz so wirr und der Berg, der nun vor dir liegt, nicht mehr ganz so hoch," empfahl er mir, „ich schlage ein gemütliches Abendessen vor, bei dem wir alles noch einmal genau durchsprechen. Vielleicht fällt uns gemeinsam etwas ein."

„Das ist ein fantastische Idee!" ich lächelte Thomas dankbar an, „im Moment ist mir wirklich etwas panisch zumute. Irgendwie will ich das nicht entscheiden müssen, denn es hängt ja auch von den Gefühlen zweier anderer Menschen ab, denen ich beiden nahestehe." Thomas blieb stehen, nahm mich zärtlich in die Arme und hielt mich fest, ohne etwas zu sagen. Diese Wärme tat mir so gut, dass sich in mir die ganze Anspannung löste und ich hemmungslos an seiner Schulter zu schluchzen begann. Er hielt mich fest an sich gedrückt und wiegte mich in seinen Armen wie ein kleines Kind.

„Ist ja gut, Susanne, ich werde dir helfen, so gut ich kann, das musst du mir wirklich glauben!" Mein ganzer Kummer und alles, was ich in mich hineingefressen hatte, brach mit einem Mal aus mir heraus. Ich heulte und heulte. Irgendwann fühlte ich mich besser und beruhigte mich langsam. Mit verheultem und zugeschwollenem Gesicht ging ich neben Thomas her zum Auto zurück.

Wir fuhren zu ihm nach Hause und er setzte mich fürsorglich aufs Sofa, legte mir die Beine hoch und schenkte mir einen Cognak ein. Dann verschwand er Richtung Küche und ich hörte ihn klappern und mit Geschirr hantieren.

Eine Weile lang brütete ich vor mich hin und hielt das kühle Glas an meine immer noch erhitzten Wangen. Das weiche Gefühl des Cognaks in meiner Kehle tat mir gut und ich lockerte ein wenig auf. Konnte ich es wirklich meiner Mutter gegenüber verantworten, ihr alles zu erzählen? Konnte ich es Helene gegenüber verantworten? Ich fragte mich immer und immer wieder. Schließlich kam ich zu der Einsicht, dass es wohl wirklich das Beste war, eine Nacht darüber zu schlafen und das ganze morgen früh aus einiger Distanz nochmal anzuschauen.

Ich stand auf und ging hinüber zu Thomas in die Küche. Er war so beschäftigt, dass er mich zunächst gar nicht bemerkte. Grinsend beobachtete ich ihn, wie er mit einem riesigen Küchenmesser versuchte, eine Tomate in Scheiben zu schneiden. Da es sich offensichtlich um ein etwas schwieriges Unterfangen handelte, hielt er in seiner Konzentration die Zunge zwischen die Lippen geklemmt und brummelte vor sich hin. Leider konnte ich mich nicht länger zurückhalten und musste kichern.

„Was machst du denn hier, hm? Ich wollte dich doch überraschen! Setz' dich wieder ins Wohnzimmer ja?! Wie soll ich mich denn sonst auf das Essen konzentrieren?" Immer noch kichernd verbeugte ich mich tief und versuchte, Reue zu heucheln, dann verschwand ich wieder im Wohnzimmer und legte mich auf das Sofa. Ich nahm mir eine der Zeitschriften, die auf dem Tisch lagen. Thomas bezog diverse Magazine in einem Lesezirkel, die er dann im Wartezimmer für die ‚Patienten' bereitlegte. Vorher las er die meisten selbst. Ich begann zu blättern und stieß auf einen Bericht über eine Frau, die nach über vierzig Jahren ihre Mutter wiedergefunden hatte. Die beiden hatten sich in den Nachkriegswirren aus den Augen verloren und jede hatte von der anderen geglaubt, dass sie nicht mehr am Leben sei. Durch irgendeinen Zufall war dann das Wiedersehen nach langer Zeit möglich geworden. Der Rest des Artikels verschwamm vor meinen Augen. Wieder begann ich, mir Gedanken zu machen. Wie musste so eine Person sich fühlen, fragte ich mich. Sicher, das Freudengefühl war wahrscheinlich übergroß, aber konnte es nicht sein, dass danach auch eine Verwirrung und plötzliche Orientierungslosigkeit folgten? Alles, was man bisher geglaubt hatte, zu wissen stürzte nun wie ein Kartenhaus in sich zusammen. Was war besser: es zu wissen, oder es nicht zu wissen? Ich drehte mich gedanklich schon wieder im Kreis.

Glücklicherweise kam Thomas nun mit einem beladenen Tablett in den Händen ins Wohnzimmer. Stolz wie ein kleiner Junge stellte er das Abendessen vor mich hin: Mozzarella mit Tomaten und frischem Basilikum, knuspriges Bauernbrot und eine schöne Flasche Rotwein.

„Das ist genau das, was ich jetzt brauche". Ich lächelte ihn dankbar an und legte die Zeitschrift beiseite.

„Na, bist du noch immer am Grübeln?" Thomas goss den Wein in eines der langstieligen Gläser. Das andere füllte er mit Johannisbeersaft, den er aus der Küche geholt hatte. So sah es wenigstens aus, als ob wir beide Wein tränken. Wie rührend!

„Ich finde, du solltest morgen noch einmal in Ruhe mit Helene Meining sprechen und dich mit ihr einig werden, wie ihr weitermacht. Es wäre unfair, das einfach über ihren Kopf hinweg zu entscheiden. Ich glaube nämlich wirklich, dass sie sehr sehr große Angst davor hat."

„Aber warum sollte sie Angst haben? Sie lernt ihre Tochter kennen, nach der sie sich doch sicher schon lange gesehnt hat. Wegen meiner Mutter habe ich viel mehr Bedenken." Thomas war anderer Meinung.

„Sieh es doch mal so: Helene hat ihr Kind nicht zu sich genommen, sondern es wegegeben aus Angst, ihren ‚guten Ruf' zu verlieren. Für ihre Tochter, also deine Mutter, muss das aussehen, als sei sie verstoßen worden. Das Ansehen im Dorf war wichtiger als die Mutterliebe. Verstehst du, was ich meine?" Langsam konnte ich Thomas' Gedankengang folgen.

„Vielleicht hast du recht" gab ich zu, „aber lass uns jetzt bitte über etwas anderes reden, ich werde gleich morgen Helene anrufen und wir werden das alles in Ruhe besprechen. Sag mir lieber mal, was du gedenkst, ab übermorgen zu tun, wenn ich nicht mehr hier in Birkenfeld bin."

„Ich muss mir wohl ein Privatflugzeug zulegen, damit ich dich jeden Tag besuchen kann". Thomas machte nun ein ernstes Gesicht und sah mir in die Augen. „Scherz beiseite, ich werde dich sehr vermissen und ich bitte dich, so oft wie möglich herzukommen. Natürlich werde ich ebenfalls zusehen, dass ich so häufig ich nur kann zu dir fahre. Übrigens gibt es hier in der Stadt zwei größere Reisebüros, vielleicht versuchst du's einfach mal, ob die noch eine gute Kollegin suchen", schlug er vor. „Mein Problem ist nämlich, dass es Jahre braucht, um in einer Veterinär-Praxis einen Patientenstamm aufzubauen und sich das Vertrauen der Leute zu erarbeiten. Ich kann jetzt, wo alles beginnt, ganz annehmbar zu laufen, nicht einfach alles hinwerfen. Kannst du das verstehen?!" Thomas blickte traurig in das Glas in seiner Hand, „Allerdings habe ich auch Jahre gebraucht, um jemanden wie dich zu finden, der mich aus meinem Einsiedler-Dasein heraushholt."

„Ich werd's mir ernsthaft überlegen, aber lass uns jetzt nichts überstürzen" lachend hob ich mein Rotweinglas an. „Lass uns jetzt erst mal darauf trinken, dass wir uns in keinem Fall mehr aus den Augen verlieren wollen. Wo es doch soooo lange gedauert hat, bis wir uns gefunden haben!"

Lachend prosteten wir uns zu und nachdem wir einen tiefen Schluck Rotwein beziehungsweise Johannisbeersaft genommen hatten, nahm Thomas mir mein Glas aus der Hand und stellte es auf den Tisch zurück. Dann nahm er mich in den Arm und begann, mich zu streicheln und mit Küssen zu übersäen. Schelmisch blickte er mir in die Augen.

„Siehst du, jetzt weißt du wenigstens, warum ich nichts gekocht habe, was kalt werden könnte. Dem Käse schadet eine kurze Wartezeit nichts...."

Wir genossen diesen Abend und die Gegenwart des anderen, als ob es unser letzter sei. Dabei wussten wir beide tief im Inneren, dass diese letzten paar Tage erst der Anfang einer sehr viel längeren und schöneren gemeinsamen Zeit sein würden.

Dienstag

Am nächsten Morgen wachte ich mit einem herrlichen Gefühl in Thomas' Armen auf. Ich sah auf die Uhr: fünf nach sieben. Noch nie solange ich denken konnte, war ich so früh am Morgen erstens von selbst wachgeworden und zweitens mit einer so guten Laune. Ich küsste Thomas auf die Nase, damit er auch aufwachte. Er blinzelte mich mit einem Auge an, das andere hielt er noch geschlossen.

„Guten Morgen, schöne Frau. Was machen Sie neben einem so verpennten Viehdoktor im Bett? Haben Sie sich verlaufen?" Ich lachte und kuschelte mich in seinen Arm. Wir blieben noch eine Weile so nebeneinander liegen und hingen unseren Gedanken nach. Heute würde ich Helene treffen und ich hatte schon nicht mehr so viel Angst davor, eine Entscheidung zu treffen, wie gestern.

„Ich gehe uns ein Frühstück jagen" unterbrach Thomas meine Grübelei und sprang aus dem Bett.

„Für mich nur eine Tasse starken Kaffee - falls du das zustande bringst. Dein dünnes Gebräu kann ja kein Mensch trinken, geschweige denn, davon wachwerden" rief ich ihm nach.

Schließlich ließ ich mich von Thomas doch zu einer Schale Cornflakes überreden. Nach dem Frühstück zogen wir uns rasch an, denn er wollte mich noch zurück zur Pension fahren, bevor er seine Praxis öffnete. Da ich kein Auto dabeihatte, hätte ich sonst den Bus nehmen müssen, was wohl Thomas' haarsträubenden Schilderungen zufolge einen ziemlichen Umstand bedeutete. Vor dem Haus ‚Waldesruh' angekommen, küsste mich Thomas und sah mir tief in die Augen.

„Bevor du dich heute Nachmittag aus dem Staub machst, kommst du aber noch bei mir vorbei, damit wir uns gebührend verabschieden können, hörst du! Ich habe heute nur bis um zwei Sprechstunde und danach hätten wir noch etwas Zeit für uns."

„Ich verspreche es hoch und heilig, dass ich diesen Ort nicht ohne eine angemessene Verabschiedung und eine Ration Küsse für die Heimfahrt verlassen werde."

Ich stieg aus und winkte ihm hinterher, bis er um die Kurve verschwunden war. Glücklich sprang ich die Stufen zur Haustür hinauf und gerade, als ich den Schlüssel ins Schloss stecken wollte, wurde von innen geöffnet.

„Oje, Frau Hansen, wie sehen Sie denn aus? Was ist denn passiert?" entfuhr es mir.
Frau Hansen war total verheult und hatte rotgeränderte Augen. Irgendetwas hatte ihr fürchterlich zugesetzt.

„Fräulein Ebert, gut, dass Sie da sind! Diese schusselige alte Nuss, stellen Sie sich vor: hat aus Versehen zu viel genommen. Ich habe ihr immer gesagt, dass sie das alles nicht so auf die leichte Schulter nehmen soll. Hätte besser auf ihre Gesundheit achten sollen und auch genauer auf die Medikamente!" Sie brach wieder in Schluchzen aus.

Ich nahm Frau Hansen in den Arm, schloss die Haustür und ging mit ihr in die Küche. Aus ihrem Gestammel wurde ich nicht schlau. Ordentlich, wie sie war, stand eine frische Kanne Kaffee schon auf dem Tisch und ich brauchte nur zwei Tassen einzugießen.

„Jetzt setzen Sie sich erst mal hierher und trinken sie eine Tasse Kaffee. Sie sind ja ganz aufgelöst. Beruhigen Sie sich doch, Frau Hansen." Wieder begann sie, zu weinen. „Nun erzählen Sie mir mal ganz langsam, was eigentlich passiert ist, das sie so aus der Bahn wirft."

Sie schnäuzte sich und tupfte ihre Augen trocken. Dann begann sie, nervös am Saum ihrer Küchenschürze zu nesteln. Ich nahm ihre Hand in meine und sah ihr in die Augen.

„Nun erzählen Sie schon. Es hilft oft, wenn man den Kummer jemandem erzählen kann und ich hoffe, ich kann ihnen helfen." Frau Hansen atmete mehrmals tief durch, um sich zu beruhigen und begann von neuem, mir über den Grund ihrer Verzweiflung zu berichten.

„Helene, also Frau Meining, sie nimmt Herzpillen. Weil...., also ihr Arzt hat ihr die verschrieben, weil sie ein schwaches Herz hat, sagt er. Sie musste jeden Tag eine morgens und eine am Abend nehmen. Dann hatte sie noch Tabletten für den Blutdruck und verschiedene andere Sachen. Ach, ich weiß gar nicht, was ich davon halten soll." Wieder putzte sie sich die Nase. „Und weil sie so schusselig ist, hat sie gestern

Abend wohl ein paar Pillen verwechselt. Jedenfalls sagt der Arzt, sie hätte zu viele von den Herzpillen geschluckt, genaues kann er aber erst nach einer Untersuchung sagen." Frau Hansen schaute mich mit verschleierten Augen an und schluchzte wieder.

„Und?!" ermunterte ich sie, weiterzuerzählen. Mir war heiß geworden, denn ich glaubte, zu wissen, was jetzt kam.

„Sie ist daran gestorben. Arme Helene, stellen Sie sich nur vor. Hat sich aus lauter Sorglosigkeit mit der sie immer mit ihren Medikamenten umging, selber umgebracht. Ist das nicht schrecklich?" Sie seufzte, „Ich werde sie so vermissen. Sie war immer so ein netter hilfsbereiter Kerl. Jeder im Dorf hat sie gemocht......" Frau Hansen erging sich nun in Schilderungen von Helenes Persönlichkeit aber ich hörte ihr schon nicht mehr zu.

Helene war tot. Ich konnte nicht mehr mit ihr reden, würde sie nie meiner Mutter vorstellen können, würde nie mehr das Gefühl haben können, meine Großmutter wiederzuhaben. Aus Unachtsamkeit hatte sie sich selbst vergiftet.

„Meine Güte, Kindchen, wie sehen Sie denn aus! Ist Ihnen nicht gut? Das hat Sie auch ganz schön mitgenommen, nicht wahr? Ich mache ihnen erst mal ein gescheites Frühstück." Frau Hansen sprang auf und lenkte sich mit ihrer üblichen Geschäftigkeit von ihrem Kummer ab.

„Danke, lassen Sie nur, ich habe keinen Hunger, Frau Hansen. Lieb von Ihnen." Ich stand auf und wankte zur Tür. Zuerst musste ich unbedingt zu Thomas und ihm alles erzählen. Seinen Trost hatte ich bitter nötig. Wie im Taumel lief ich die Treppe zu meinem Zimmer hinauf und holte den Autoschlüssel. Ich ging wortlos an Frau Hansen vorbei, die im Flur stand und mich entgeistert ansah.

Ich fuhr zu Thomas' Praxis und als er mich durch die Tür kommen sah, konnte ich ihm ansehen, wie er sofort bemerkte, dass etwas nicht stimmte. Er gab seinem Assistenten, der gerade mit einem Riesenschnauzer mit verletzter Pfote zugange war, ein paar knappe Anweisungen und ging dann mit mir in das Zimmer hinter dem Behandlungsraum, in dem er sein Büro eingerichtet hatte. Thomas schloss die Tür hinter sich und nahm mich in die Arme.

„Du bist sicher nicht hier, weil du mich schon in der kurzen Zeit so vermisst hast. Jedenfalls siehst du nicht so aus. Was ist dir denn über die Leber gelaufen, hm?" Ich brach in Tränen aus und erzählte ihm die ganze Geschichte. Als ich fertig war, starrte Thomas aus dem Fenster.

„Herztabletten sagst du.... - naja, normalerweise gibt ein Arzt sehr genaue Instruktionen, wenn er solche Medikamente verschreibt und jeder Patient, der diese Tabletten einnimmt, ist sich sehr genau über die Risiken der falschen Dosierung im Klaren."

„.... aber, du meinst doch nicht etwa....?" stammelte ich nur.

„Ich meine gar nichts, ich sage dir nur, was ich weiß. Schließlich gehören zur Tiermedizin auch eine gehörige Portion Humanmedizinische Kenntnisse und dies ist eine davon. Du hast mir gestern erzählt, wieviel Angst Helene vor der Wahrheit hatte. Aber wahrscheinlich hast du recht, sie war so aufgeregt, dass sie in ihrer Kopflosigkeit die Tablettenkästchen verwechselt hat."

Ich schaute Thomas lange schweigend an und fühlte einen Schmerz in der Magengrube. Aus irgendeinem Grund wusste ich plötzlich ganz sicher, dass sie sich wirklich umgebracht hatte und nicht aus Unachtsamkeit gestorben war. Ja, nur so konnte es gewesen sein: Helene hatte zu große Angst gehabt vor der Enthüllung. Ich schloss die Augen. Heute hatte ich mit ihr sprechen wollen, ihr die Angst vor dem Wiedersehen mit ihrer Tochter nehmen wollen. Aber scheinbar hatte sie das schlechte Gewissen und die Angst vor Vorwürfen so aus der Bahn geworfen, dass sie keinen anderen Rat mehr wusste, als die Herztabletten überzudosieren.

„Mach dir bitte keine Vorwürfe. Ich kann dich sehr gut verstehen, wie verwirrt und voller Schuldgefühle du jetzt vielleicht bist. Aber dich trifft wirklich keine Schuld, glaub mir. Helene hat aus Versehen zu viele Tabletten geschluckt und ist daran gestorben. Das ist schrecklich, das ist traurig, aber du musst dich damit abfinden. Es wird auch keinen Weg geben, herauszufinden, wie es wirklich passiert ist." Als Thomas meinen fragenden Blick sah, ergänzte er noch, „und selbst wenn es so wäre, wie du in deinem tiefsten Inneren befürchtest, dass es gewesen sein könnte, dann war das immer noch Helenes Entscheidung, die sie für sich allein getroffen hat.

„Aber ich hätte mit ihr reden sollen, sie war so verwirrt und in ihrem Gefühl der Ausweglosigkeit hat sie keinen anderen Rat mehr gewusst. Mein Gott, ich hätte ihr die Angst nehmen können. Ich hätte ihr sogar das Versprechen gegeben, meiner Mutter nie etwas davon zu erzählen. Alles, bloß nicht das...." Ich ließ mich auf den Bürostuhl fallen und grub mein Gesicht in meine Hände. „Was hab' ich da nur angerichtet!"

„Du hast gar nichts angerichtet. Schau mich an." Thomas schob seine Hand unter mein Kinn und hob meinen Kopf hoch, sodass ich ihm ins Gesicht sah. „Du hast gar nichts angerichtet. Frau Hansen kannte Helene Meining viel viel länger als du und wenn sie sagt, dass Helene schon immer so nachlässig und schusselig mit ihren Medikamenten umgegangen ist, dann würde ich sagen, dass du das ruhig glauben kannst." Thomas schaute mich prüfend an. Ich versuchte, zu lächeln, aber es schien mir nicht zu gelingen.

„Ich werde jetzt zur Pension zurückfahren und meine Sachen zusammenpacken. Nach all dem möchte ich jetzt nach Hause und erst mal eine Weile allein sein. Danach werde ich dann wohl meine Mutter besuchen."

Thomas seufzte. „Du erinnerst dich aber schon noch an das, was du mir gestern Abend und heute Morgen versprochen hast. Wir werden uns auf jeden Fall wiedersehen, oder?" ängstlich schaute er mich an. „Wenn ich daran denke, dass du morgen nicht hier bei mir sein wirst, vermisse ich dich jetzt schon. Ich glaube, du hast mich in der kurzen Zeit, die wir uns kennen, schon sehr um den Finger gewickelt."

Wieder versuchte ich, zu lächeln, dann stand ich auf und küsste Thomas zum Abschied. Er öffnete mir die Tür zum Behandlungszimmer, wo sein Assistent den großen Hund gerade vom Tisch hob und auf seine eigenen vier Pfoten, eine davon mit Verband, stellte. Der Schnauzer sah mich mit ängstlichem Blick an und im Vorbeigehen krauelte ich seinen Kopf ein wenig. Ich seufzte: der arme Kerl wusste ja nicht, dass es mir noch viel schlechter ging, als ihm....

Ich fuhr zurück zur Pension von Frau Hansen, zahlte meine Rechnung und begann dann, meine Sachen zu packen. Die Fotoalben und die Kiste mit den Bildern und Briefen steckte ich ebenfalls in meine Reisetasche. Mutter würde sich bestimmt gerne die alten Bilder ansehen.

Seufzend blickte ich mich noch einmal in meinem Zimmer um. Vor gut einer Woche, als ich hier angekommen war, hätte ich mir nicht träumen lassen, dass sich in dieser kurzen Zeit mein Leben so drastisch verändern würde. So viel war geschehen. Ich musste an Großvater denken. Mir kam ein Bild von ihm ins Gedächtnis von einem der letzten Besuche bei ihm vor wenigen Wochen. Er hatte in seinem Lieblings-Fernsehsessel gesessen, die Beine hochgelegt und mit einer karierten Decke eingewickelt. Wir hatten uns über Stefan, meinen Bruder, unterhalten und Großvater war der Meinung gewesen, dass wir uns nicht zu viel Sorgen um ihn machen sollten, er werde seinen Weg schon machen. Auch wenn es so aussähe, als sei er ziellos, so sei das alles seiner Meinung nach gut für irgendetwas. Er hatte noch gesagt, 'Ich wünschte manchmal, ich wäre noch in Stefans Alter. Sicher würde ich dann einiges anders machen, glaub mir, mein Kind.' Damals hatte ich nur lächelnd genickt und seine Bemerkung auf die sentimentalen Gefühlsduseleien eines alten Mannes geschoben. Jetzt, da mir dieser Satz wieder ins Gedächtnis kam, wusste ich, was er wirklich damit gemeint hatte. Sein Leben lang hatte er sich mit der Wahrheit auseinandersetzen müssen und niemals den Mut gehabt, sie aufzudecken. Wie musste er sich gequält haben! Ob er mit dieser Erbschaft wohl hatte bezwecken wollen, überlegte ich jetzt, dass ich die Geschichte nach so vielen Jahren selbst herausfand und dann an seiner Stelle die Entscheidung traf, ob die Wahrheit ein für allemal ruhen oder ob man alles nach der langen Zeit doch noch ans Licht bringen sollte. Natürlich! Das war sicher insgeheim Großvaters Idee gewesen, als er mir das Häuschen vermachte! Er hatte praktisch die ganze Verantwortung auf meinen Schultern abgeladen.

Ich ging die Treppen hinunter und verabschiedete mich von Frau Hansen, die im Flur schon auf mich gewartet hatte. Sie drückte mich fest und ließ mich versprechen, dass ich recht bald wieder herkommen und sie besuchen würde. Ich versprach es und nahm mir vor, wirklich innerhalb der nächsten zwei oder drei Wochen zurückzukommen. Wegen Thomas, wegen des kleinen Häuschens, an dem noch so viel zu machen war und natürlich auch, um Frau Hansen zu besuchen.

Als ich in mein Auto stieg und den Motor startete, konnte ich sehen, wie Frau Hansen mir von der Eingangstür aus zuwinkte. Immer noch hielt sie ein zerknülltes Taschentuch in ihrer Hand, aber sie konnte schon wieder lachen. Ich hupte und winkte zurück.

Mein Mountainbike hatte ich im Häuschen gelassen, denn ich würde es bei meinen weiteren Besuchen hier sicher brauchen und in Frankfurt war es eher nutzlos. Ja, ich würde bald wieder hier sein. Genau wie Großvater würde mich dieser kleine Ort so schnell nicht loslassen.

Plötzlich konnte ich es kaum noch erwarten, meine Mutter zu besuchen. Ich wollte ihr unbedingt von Thomas erzählen, von Frau Hansen und von dem kleinen Häuschen. Sicher würde sie dann verstehen, warum ich wieder hierher zurück musste. Was ich über Helene und Großvater herausgefunden hatte wollte ich für mich behalten. Was würde es bringen, meiner Mutter zu erzählen, dass ihre leibliche Mutter all die Jahre am Leben gewesen war, sie sie aber nun trotzdem nicht mehr würde kennenlernen können. Nein, die Geschichte, mit der meine Mutter bis heute gelebt hatte, würde auch weiterhin die „wahre" Geschichte bleiben.

Alles wurde plötzlich wieder klarer um mich. Ich hatte meine Entscheidung gefällt! Ob es Großvater nun recht gewesen wäre, oder nicht, war mir egal. Dies war meine Lösung der Geschichte und ich sagte mir, wenn Großvater es anders gewollt hätte, dann hätte er eben zu seinen Lebzeiten etwas dafür tun sollen. Zu meiner Entscheidung stand ich und würde wohl in Zukunft auch gut damit leben können.

Ich setzte den Blinker und fuhr die Auffahrt zur Autobahn Richtung Frankfurt.